建白書

本丸　目付部屋5

藤木　桂

二見時代小説文庫

目次

建白書——本丸 目付部屋 5

第一話　評定《ひょうじょう》

一

若年寄方の「首座《しゅざ》」であった小出信濃守英持《こいでしなののかみふさよし》が亡くなって、一月《ひとつき》ほどしてのことである。

江戸城の本丸御殿は十一月も半ばを迎え、建坪・一万一千坪余りという、とてつもないだだっ広さのせいもあり、「清涼」を通り越して寒々と冷えきっていた。

目付方の筆頭・妹尾十左衛門久継《せのおじゅうざえもんひさつぐ》も、今ちょうど若年寄方から呼び出しを受けて、『次御用部屋《つぎごようべや》』と呼ばれる若年寄方の執務室へ向かう最中であったが、さっきなども、火鉢があった目付部屋から一足、廊下に出たとたん、あまりの寒さに身を縮めたものである。

そうしてキュッと固くなった身体は廊下を歩き出してしばらく経っても固く縮んだままであったが、おそらくそれは寒さのせいばかりではなく、これから向かう先、若年寄方に待っているのが小出信濃守ではないからであろうということを、十左衛門は自分ながらに気づいていた。

今は亡き信濃守の跡を引き継いで若年寄方の首座となったのは、以前は次席の若年寄であった松平摂津守忠恒《まつだいらせっつのかみただつね》である。

上野上里見藩《こうずけかみさとみ》・二万石の藩主である松平摂津守は、若年寄に任じられてから今年の秋でちょうど十九年で、就任期間の長さでいえば先の首座であった小出信濃守とほんの数ヶ月しか変わらない古参であったが、信濃守と決定的に違うのは、十左衛門ら目付方に対する「温度差」のようなものだった。

先の信濃守は明らかに、上役として時には庇《かば》い、時には叱咤激励してくれて、その関係性は常に温かみの感じられるものであったが、松平摂津守が相手では、そうはいかない。

亡き信濃守の代わりに若年寄方の首座となった松平摂津守は、「目付方の掌握《しょうあく》」という役目も同時に引き継いだらしかったが、これまでは摂津守とは接点もなく、ほとんど話をしたこともなかったゆえ、気心の知れた信濃守を相手のようには、連絡も報告も容易には済まない。

　摂津守自身が何をどのように考え、捉えて、目付筆頭の十左衛門《こちら》に指示を出したりしているものか、その「深意」といったところが、まだどうにも読めないため、意思の疎通が取りづらいこと、この上もなかった。

「『寄合衆《よりあいしゅう》（無役の大身《たいしん》旗本）』より、寺社との悶着《もんちゃく》についての届け出がまいっておる。これだ」

　今回も松平摂津守は顔を合わせるなりそう言って、調査の対象となる書状を十左衛門のほうに突き出してきた。

　つまりは「今ここで、すぐに読んで理解しろ」ということである。

「謹《つつし》んで拝見をいたしまする」

　受け取って急ぎ目を通していくと、なるほど届け出の内容は、武家にとっては深刻な事案であった。

　届け出の提出者は、家禄五千石の寄合旗本・津山邦右衛門則重《つやまくにえもんのりしげ》という者である。

　書状によると、今から五年前、津山は自分の四男で、当時まだ八歳であった「徳四郎《とくしろう》」というのを出家させて、寺の小坊主として修行に出したという。出家の先は、上野山下《うえのやました》にある『明静院《めいせいいん》』という寺である。徳四郎は「四男」とあるから、上に三人もの男子がいるはずで、記載はないが、おそらく四男では家督を継がせることもなかろうということで寺に出したのではないかと思われた。

だが昨年、津山家の嫡男として幕府に届《とどけ》も出してあった二十歳の長男が、大怪我をして寝たきりの状態になり、泣く泣く廃嫡《はいちゃく》にしたらしい。

次男と三男はすでに他家へと養子に出してしまったため、四男の徳四郎を還俗《げんぞく》させて跡継ぎにしようと考えたそうだが、そんな津山家の申し出に「否や」と答えてきたのが、明静院の側であった。

徳四郎は出家して、はや五年、日々御仏《みほとけ》に仕えるべく修行を重ねていて、すでに「円徳《えんとく》」という僧名も授けてある。今更、還俗させて津山家に戻すことなどできないと、語気強く断ってきたらしい。

この「息子を返してくれない明静院」に困り果てて、津山家側が『公事《くじ》（訴訟）』の届け出を出してきたという訳だった。

書状の内容を読み終えて、十左衛門は松平摂津守に向けて目を上げた。

「相手が寺でございますゆえ、明静院が調査《しらべ》のほうは『御寺社方《おじしゃ》（寺社奉行方）』にお任せをいたしまして、私ども目付方は、まずは津山家がほうへ聞き込みにまいろうかと存じまする」

十左衛門がそう言うと、「うむ」と摂津守もうなずいてきた。

「なれば津山の屋敷には、『そなた』か『小原《おばら》』か、どちらかが向かうがよかろうて」

「…………？」

十左衛門は、今の摂津守の言葉の真意が判らず、訊き返した。

「では何ぞ津山家には、我ら年嵩《としかさ》の目付のほうがよかろうことでも、ございますのでしょうか？」

何か特別な事情があるのかと思って十左衛門は訊いたのだが、その十左衛門の問いに、摂津守はどうした訳か、気分を害したようだった。

「何を申しておる？　年齢《とし》のことではない、家格のことだ」

「家格、にございますか……？」

「当然であろう。数いる寄合衆のなかでも津山家は、譜代《ふだい》古参・五千石の家柄だぞ。目付筆頭のおぬしなればともかく、下の目付を遣わすとなれば、家禄が高《たか》・二千石で古参の風格もある小原孫九郎《まごくろう》か、少なくとも小原と家格が同等の、高・二千石の清川《きよかわ》くらいは出さねば、話になるまい」

「はあ……」

十左衛門は仕方なく一応の返事はしたが、正直なところ、内心はもやもやとし始めている。

つまり役高・千石ごときの目付には、五千石もの大身旗本に対峙《たいじ》するのは無理であろうと、摂津守はそう思っているということなのだ。

たしかに自分たち『目付』は千石の職格だから、こたびのように五千石もの大身の家を相手に調査をするには、さまざま難しい部分もある。

事実、まだ十左衛門が新参の目付であった頃、先輩目付のなかにははっきりと役高についての不満を表わす人がいて、

「一日の休日《やすみ》とてなく働いて、大身のお偉方《えらがた》とも渡り合わねばならぬというのに、我ら目付の役高が『千石ぽっち』というのは、おかしいとは思わぬか？」

と、新参の十左衛門を相手にしても、よく愚痴《ぐち》をこぼしていた。

だが十左衛門自身は「自分ら目付の役高が千石だ」ということには、目付の職務を果たす上で重要な意味があると考えていた。

元来、幕府はできるだけ、「権力」と「財力」との置きどころを分けている。

たとえば幕府政治の中枢を担う老中職や若年寄職に、基本、十万石以下の大名しか選ばぬようにしているのと同様に、自分たち目付のように他人《ひと》を監察したり糾弾したりする、いわゆる「権力を有する者」には、あまりに高い財力は与えないよう調整し

ているに違いないのだ。

人間《ひと》はおそらく権力や財力を持つと、それだけで気分が高揚するため、尊大になってしまう者も少なくない。そうして道を踏み外さぬようにするためにも、金と力は両方を多大に持たぬほうが、賢明なのだ。

そんな風に思って十左衛門は、目付になってからの二十年あまり、自分より家格の高い旗本や大名たちとも、やりにくいなりに懸命に要《い》らぬ忖度《そんたく》などはせずに、目付の仕事を全うしてきた。

その自分ら目付の上司となる若年寄方の新しい首座が、たかが五千石の旗本の調査をするのに「二千石の目付を使え」と、そう言ってきたのである。

さっき松平摂津守に、「そなたが無理なら、小原か清川くらいは当てねば、格好がつくまい」と言われて、愕然として、つい反論もできずに流してしまったが、こうしたことは目付の根幹に関わることゆえ、なあなあにしたままでは、絶対によろしくないのだ。

「摂津守さま」

十左衛門は、新しい上司に真っ直ぐに顔を上げると、こう言った。

「こたびが一件につきましては、清川を担当《かかり》につけたく存じまする。しかして、それは清川が二千石の家格だからではございませぬ」

「なに？」

一瞬にして嫌な顔をしてきた松平摂津守に、十左衛門は改めて平伏して、それでもまだ先を続けた。

「目付が家格を気にしていては、目付の役には立ちませぬ。拙者をはじめ、他の千石高の者らも、家格に負けてその『目』を曇らすようなことは、いっさいござりませぬゆえ、どうかご安心のほどを……」

「……相判《あいわか》った」

不機嫌この上もない表情をしながらも、摂津守は十左衛門をたしなめはしなかった。

この摂津守とて、若年寄方に席を置いて、もう十九年なのである。

これまでは小出信濃守がいたから、直接に目付と関わることは少なかったが、この目付方の筆頭が腹立たしいほど生意気ではあるが、実に配下として頼りになるのを、摂津守もよく判っているのだ。

「よし。話は済んだ。なれば、去《い》ね」

「ははっ」

早くここを出ていけと言われて、十左衛門は頭を下げ直して、摂津守の御前より辞した。

次御用部屋から廊下へと出たとたんに、身体をキュッと冷気が包んでくる。

その寒さに少しく背を丸めながら、だが十左衛門は、今、摂津守から言われた言葉を思い出していた。

（あの『去ね』は、よう信濃守さまにも言われたな……）

十左衛門が、上役の若年寄にさえ忖度なく思ったままを口にするゆえ、「生意気な奴だ！」と怒られて、「去ね」だの「近う寄《ちこ》るな」だのと、さんざんに言われたものである。

（ああしたところは、存外、摂津守さまも似ておられるのやもしれぬな）

そんな風に思って、十左衛門は少し愉《たの》しく、笑みを浮かべるのだった。

二

翌日の昼下がり、松平摂津守ご推薦の目付である清川理之進政義《みちのしんまさよし》は、配下の徒目付《かち》らを供にして、番町《ばんちょう》にある津山家の屋敷を訪れていた。

通された客間に待っていたのは、津山家の当主・津山邦右衛門則重である。見たところ四十代の半ばぐらいかと思われる恰幅のよい男で、いかにも「大身の旗本」らしく、大名のように小姓と見える家臣までを左右につけている。

その当主・邦右衛門から、長男である二十歳の釿一郎《きんいちろう》という者が、去年の秋に大怪我をした次第を聞かされているところであった。

「なれば、釿一郎どのには、馬にて怪我を……？」

清川が訊ねると、邦右衛門はうなずいた。

「幼き頃より釿一郎は、とりわけ馬を好んでござりましてな。武芸の鍛錬にも通ずるからと、屋敷内《うち》の馬については釿一郎に一任し、馬役の家臣もつけて世話をさせてまいりましたが、こたび新規に馬を一頭買いましたもので、その馬の調練も、釿一郎がいたしておりまして……」

まだ若い新馬ゆえ、人を乗せることができるまでにしようと調教していたそうで、その最中、いきなり暴れて跳ね始めた馬に振り落とされて、運悪く幾度か地面で踏まれてしまったそうだった。

「幸い命ばかりは取りとめましたものの、怪我をしてそろそろ一年が経とうというのに、家臣の手を借りねば立つこともかないませぬ。当人ともども、将来《さき》の相談をいたしました上で、こたび泣く泣く廃嫡といたしました」

「さようにござりましたか……」

他人事《ひとごと》ながら気の毒になって、清川は目を伏せた。

その釿一郎という若者、おそらくは『御番入り《おばんい》（番方の役に就くこと）』を目指して、武芸や馬芸の腕を磨《みが》いていたのであろうに、不自由な身体になってしまった上、嫡子としての将来まで失ってしまうなどと、まことに不運なことである。

「して、釿一郎どのは、今もお苦しみであられまするか？」

清川のその言葉に、津山邦右衛門は、今こうして聞き込みに来ている『目付《めつけ》』が、本気で息子の釿一郎を案じてくれているのを感じ取ったらしい。

「いえ。おかげさまにて、痛みは大分、ひいたそうにござりまする」

と、津山邦右衛門はそう答えて、これまでとは打って変わってはっきりと清川の前で表情を和《やわ》らげた。

「廃嫡となりましたことも、釿一郎当人の申しますには、『この身体では家を守れぬと焦るばかりであったので、廃嫡となって、かえって気が楽になった』と、かように申しまして」

「さようでございましたか……。思いは万感《ばんかん》あられますでしょうに、まこと、ご立派なるご子息であられますな」

「お有難う存じまする……」

邦右衛門は素直に嬉しそうな顔をして、小さく頭を下げてきた。

「御目付どのがお言葉、当人にも相伝えさせていただきまする。倅《せがれ》にとりましては、どんなにか、この先の励みになりましょう」

「いえ……」

清川も嬉しく答えて、あとは四男・徳四郎の話になった。

「して、明静院がほうでは、実際どのように申されておりますので？」

津山家から出された届け出の書状は読んだが、詳しいところまでは判らない。清川が訊ねると、邦右衛門も一膝、身を乗り出してきた。

「いやそれが、とにもかくにも『返せない』の一点張りでございましてな」

明静院の住職は「円詮《えんせん》」といい、齢《よわい》七十になるそうで、これまではしごく温和で懐《ふところ》の深い、いかにも僧侶らしい人柄と見え、五年前も「明静院の円詮和尚《おしよう》さまなれば、安心して倅《せがれ》の行く末を任せられる」と、四男・徳四郎の出家を決めたのだという。

だが今回にかぎっては、そうした人徳をかなぐり捨ててしまったかのように、徳四郎を返せぬ理由も言わぬまま、とにかく頑固に拒否するばかりであるらしい。

「理由も申さぬのでございまするか？」

いささか驚いて清川が訊き返すと、邦右衛門は「そこよ、そこ」とでもいう風に、大きくうなずいてきた。

「すでに徳四郎は『円徳』という僧名も受けた出家の身であるのだから、今更、還俗《げんぞく》させることなどできぬと、そればかりで……」

徳四郎を返してもらうべく、邦右衛門が自ら明静院に頭を下げに出向いた際も、話の向きが判ってくるなり円詮和尚は顔を強張《こわば》らせ始めて、結局どれほど丁重に頼んでも、徳四郎に会わせてもくれなかったという。

「ご事情、相判りましてござりまする」

清川はそう言うと、邦右衛門の目を真っ直ぐに見つめて、うなずいて見せた。

気の毒な長男・新一郎の一部始終を聞いたばかりなためもあり、本音を言えば「万事、お任せくだされ」と胸を叩いて徳四郎を連れ戻してやりたいところだが、目付には、そうして私情で肩入れすることは許されない。

清川は「任せろ」と言いたい気持ちをグッと抑えた。

「御寺社方ともさっそくに繋ぎを取りまして、明静院が何ゆえさように頑強に徳四郎どのを手放そうとせぬものか、探ってまいりましょう」

寺や神社の案件については「御寺社方」、つまりは寺社奉行の管轄となっているため、明静院のほうの調査には目付方は手が出せない。

そうした幕府の定めた管轄の決まりについては、武家は皆、重々承知しているため、邦右衛門も御寺社方の名を出した今の清川の言葉にうなずいて、その先を訊ねてきた。

「やはり、こたびの一件は『ご評定《ひょうじょう》』にあがりましょうか？」

ご評定というのは、幕府の最高裁判所といえる『評定所』で開かれる裁判のことである。

評定所で扱われるのは、基本、重大事件の裁判であった。

幕府を揺るがすような大きな事件が起きた場合に、俗に「三奉行」などと呼ばれる寺社奉行、町奉行、勘定奉行という幕政の高官・三役が、評定所にて忌憚《きたん》なく意見を交換して良き裁決をひねり出し、それを老中方に上申《じょうしん》するというのが、評定所の存在意義の一つなのである。

だが評定所にはもう一つ、大切な役割があった。

裁判の原告側と被告側とが、たとえば町人と寺であったり、百姓と武家であったりと、支配が異なっている際に、どこの支配にも属さない中立の立場である評定所が、裁判の法廷として、しごく便利に使われていたのである。

今回なども、寺社奉行方の管轄に入る「明静院」と、目付方の管轄である「旗本の津山家」との間の揉め事であるから、調査一つするにも明静院側は寺社奉行方が、津山家のほうは目付方がと、どちらか一方の役方だけでは調べようも裁きようもない。

こうした今回のような案件の際に、評定所で審議が行われるのである。

ただ今回の場合は、この先、明静院が今の頑《かたく》なな主張を変えて、徳四郎を津山家に返すということになれば、評定所などという大それた場に上がることなく内済《ないさい》で済ませられるはずだった。

「明静院の今後の出方にもよりましょうが、あくまでも徳四郎どのを返さぬというのであれば、おそらく……」

「さようでござりまするな……」

そう言って邦右衛門は、顔つきを固くした。

ご評定ということになれば、それはすなわち津山家側の邦右衛門も、明静院側の円詮和尚も、評定所に引き出されることとなるのだ。

「まずはさっそくにも御寺社方と繋ぎを取りまして、その上で、ご評定になるや否やのお報せをいたしますゆえ」

目付として出過ぎないよう、清川が慎重に言葉を選びながらそう言うと、邦右衛門はていねいに頭を下げてきた。

「お手数《てかず》をおかけいたします。よろしゅうお頼みいたしまする」

「はい」

神妙に清川も答えて、ほどなく津山家の屋敷を辞したのであった。

三

幕府最高の訴訟裁決の機関である『評定所』は、江戸城の大手門から見渡せるほどの近くにあった。

敷地は一六八一坪ほどの広さがあり、そのなかに、実際に評定を行う法廷の場所が設けられている。

津山家と明静院の一件は、やはり寺側が主張を変えぬため内済では収まりがつかず、今日これより評定所にて審議が行われることになっていた。

今回は『五手掛《ごてがかり》』といって、寺社奉行、町奉行、勘定奉行に、大目付、目付と、それぞれの役方から一人ずつ、総勢五名もの役人が審議官として出席し、この案件の評定をするのである。

幕府の閣僚として重責を担う五つの役方すべてから審議官を出すこの『五手掛』は、

いつもなら国家的な大事に至るような事件や、重職にある者の進退を決めねばならぬ案件などといった重大問題の評定を扱っている。

つまりは今回のような「子供を返すか、返さぬか」程度の案件は、『三手掛《さんてがかり》』という審議官が三人だけの軽めの評定で済ますのが普通で、三手掛であれば今回は寺社を管轄する寺社奉行方から一名と、旗本を管轄する目付方から一名のほかには、大目付方から一名が出席し、その三名だけで津山家と明静院、どちらの主張を採択するべきかを審議するのである。

通常であれば三手掛で済む案件《もの》が五手掛にまでなっている理由は、明静院の本山にあった。上野山下にある明静院の本山は、徳川《とくがわ》将軍家の菩提寺《ぼだいじ》の一つである東叡山《とうえいざん》・寛永寺《かんえいじ》なのである。

京の都の守護として、鬼門《きもん》（北東の方角）に建てられた比叡山《ひえいざん》・延暦寺《えんりやくじ》を模して、江戸城の鬼門にあたる上野台地に建立されたのが、「東の比叡山」である東叡山・寛永寺で、この建立は三代将軍・家光《いえみつ》公の肝煎《きもい》りでもあった。

それゆえ元来の徳川家の菩提寺である芝《しば》の増上寺《ぞうじようじ》と並んで、三代・家光公以降は上野の寛永寺も徳川家の菩提寺とされたため、家光公はむろんのこと四代・家綱《いえつな》公、五代・綱吉《つなよし》公、八代・吉宗《よしむね》公のご霊廟《れいびよう》は、増上寺ではなく上野の寛永寺のほうに建立されているのだ。

その絶大なる力のある寛永寺が、こたび末院の一つである明静院が旗本に訴えられて窮地に立たされていると知り、明静院を擁護すべく幕府にかけ合ってきたという。その徳川家菩薩寺に忖度した老中から命《めい》があり、今回の評定に限っては三手掛ではなく、異例の五手掛となった訳だった。

本日、目付方の審議官として評定所に出張《でば》ってきたのは、この案件の担当目付、清川理之進である。

対して御寺社方として出席してきたのは、四人いる寺社奉行のなかでも「切れ者」と評判の高い久世大和守広明《くぜやまとのかみひろあきら》であった。

以前、盛岡藩《もりおか》・南部《なんぶ》家の使者が江戸城内で問題を起こした際、事件に関わった久世大和守は目付筆頭の十左衛門と幾度か腹を割って話をした経緯があり、以来、目付方に対して好ましい印象を持ってくれているらしい。

今回の案件でも、この評定に先立って清川が寺社方を訪ねていった際、明静院側の情報も隠すことなく教えてくれて、しごく話がしやすかったものである。

他の三名の審議官については、町奉行方からは北町奉行である依田和泉守政次《よだいずみのかみまさつぐ》、勘定奉行方からは安藤弾正小弼惟要《あんどうだんじょうのしょうひつこれとし》、大目付方からは宮地壱岐守定照《みやじいきのかみさだてる》が、この評定に出席している。

　今、五人は『評席《ひょうせき》』と呼ばれる広縁のような細長い座敷に並んで座り、この案件の当事者である津山家の当主・邦右衛門と明静院の円詮の二人を相手に、尋問を始めたばかりであった。

　邦右衛門と円詮が並んで座っているのは、一般には評席の前に石庭のように広がる砂利敷きの『白洲《しらす》』なのだが、今日の公事人（訴訟の当事者）の二人は、大身旗本と僧侶というそこそこの身分の者なので、砂利の上ではなく板敷きになった縁側の部分に座らされていた。

「津山どの。ちと伺いたき儀がござる。面《おもて》を上げられよ」

「はっ」

　評定の司会をしている北町奉行の依田和泉守に声をかけられて、津山邦右衛門は一段高くなった評席のほうへと顔を上げた。

　今日のように五手掛で評定を行う場合、五役のなかでは一番にこうした取り調べの尋問に慣れている町奉行が、評定の司会を担うことが多い。ことに依田和泉守は、町奉行になって十四年の六十五歳であり、評定のまとめ役など、お手のものであった。

「なれば、ご次男やご三男についてでござるが、そちらがご両名は、すでに養家より戻し受けて津山家が家督を継がせるというのは、どうあっても無理だと申されるのでござるな？」

「はい」

　自分より二十は年上だと思われる町奉行に向かい、真っ直ぐに顔を上げて、津山邦右衛門はうなずいた。

「次男・籐次郎《とうじろう》は十九でございますが、十六の歳にはすでに養家に婿入りをいたしまして、この夏には子も生《な》しましてござりまする。三男の仁三郎《じんざぶろう》も婿養子で、嫁のいる身でございますゆえ、今さら津山家《こちら》に戻せる道理がございませんので……」

　邦右衛門がそう言って、まるで相手に言い聞かせるように、ちらりと明静院の円詮のほうに目をやった時である。

「僭越《せんえつ》ながら、申し上げたき儀がござりまする」

　と、円詮が評席の町奉行に向かって、改めて平伏してきた。

「遠慮は要らぬ。申されよ」

「はい。有難う存じまする」

　許しをくれた町奉行に頭を下げると、七十を越えた円詮和尚は、いかにも僧が教え諭すように邦右衛門のほうを向いて、言ってきた。

「戻せぬというのであれば、円徳（徳四郎）とて同じこと。『御仏にお仕えせん』と、円徳はすでに己《おの》が生涯を定めており申す。今更に『戻れ』だなどと、傍《はた》で得手勝手に決めるものではございますまい」

「…………！」

面と向かって説教されて、邦右衛門がさすがにカッと血相を変えた時である。

「そこまで」

このままでは口論になりかねない両者を分けて、町奉行の依田和泉守が声を上げた。

「なれば改めて、双方にお訊ねをいたす。まずは津山どのだが、ご子息・徳四郎どのが還俗はあきらめて、他家に養子をお求めになるというのはいかがでござるか？」

「お言葉に背《そむ》くようではございますが、徳四郎は津山家の血を継ぐ男児……。やはり断じてあきらめる訳にはまいりませぬ」

「さようでござるか……」

小さくため息を一つして、町奉行は、今度は円詮に向き直った。

「徳四郎どのをお返ししてはいかがでござろう？　出家の身とて、徳四郎どのはまだ十三。親が子と暮らしたいと願うのも、子が親のもとに帰りたいと思うのも、人情としては当然というものでござろうゆえ」

「……………」

円詮はすぐに言い返しはしなかったが、さりとて「さようでございますね」と主張を曲げてうなずいてくる訳ではない。そうして、しばし考えるように黙り込んだその後で、円詮は齢七十の僧の貫禄を見せて、凛《りん》と言い放った。

「我ら『出家』の身は、家との縁も、親との縁も、いっさい切れておりまする」

「……………」

苦々しい顔で黙り込んだのは、今度は町奉行である。

こうして結局、双方ともに折れず、物別れのまま、白洲での評定は終《しま》いになったのであった。

四

津山家の邦右衛門と明静院の円詮、双方を帰した後のことである。

今日のように白洲においての評定で決着に至らなかった場合、審議官の役人たちは評定所に居残って、皆それぞれ裁決に向けて忌憚《きたん》なく、じっくりと話し合うことになっていた。

居残り評議の会場は、評定所内の少し奥まった場所にある『内座《うちざ》』と呼ばれる大座敷である。

皆それぞれに厠《かわや》を済ませたり、評定所勤務の下役が淹《い》れてきた茶で喉《のど》を潤したりした後で、一人また一人と、内座へと移動してきた。

寺社奉行の久世大和守をはじめとして、町奉行の依田和泉守、勘定奉行の安藤弾正小弼、大目付の宮地壱岐守に、目付の清川理之進である。

だが実は、この「五手」の五人のほかにも二人ほど、さっき評定の行われた場所から内座へと、五人の審議官とともに移ってきた人物があった。

まず一人は、目付筆頭の妹尾十左衛門久継である。

今回すでに「清川」という担当の目付が出ているというのに、なぜ十左衛門までが評定所に来ているのかといえば、それは、評定そのものや審議官たちの言動に「目を付け」なければならないからであった。

この評定所で行われる評定の監察は、『評定番』といって目付の仕事の一つである。

基本この評定番は、一月《ひとつき》ごとの交替制になっていて、本来ならば今月は佐竹甚右衛《さたけじんえ》門康高《もんやすたか》の番である。

だが今回の案件は、徳川家の菩提寺である寛永寺から訴状をお受けになった上様が、

事態の推移を気になさっておられるそうで、十左衛門は老中方から呼び出されて、

「こたびは筆頭であるそなたが直々《じきじき》に番に出て、評定の推移を見て取り、報告をするように……」

と命じられ、佐竹と替わったという訳だった。

ところがそうして「評定の様子を見てまいれ」と、上《うえ》つ方《かた》から命じられてきたのは、十左衛門ばかりではなかったのである。

上様に近侍《きんじ》する側近たちの長官といえる人物で、『側用人《そばようにん》』の田沼主殿頭意次《たぬまとのものかみおきつぐ》という男である。

四十九歳の田沼主殿頭は、十六歳で初めて側近として出仕した平《ひら》の『小姓《こしょう》』から次々に出世を遂げ、家禄も元は六百石の旗本であったものが、二千石、五千石と加増されて、今や遠江相良藩《とおとうみさがら》・二万石の堂々たる大名となっているのである。

その上様よりのご信頼の厚い田沼主殿頭が、目付の『評定番』である十左衛門と同様に「評定の見分をする」というのは、これまでの幕府の制度としては、極めて異例のことであった。

評定所で審議される案件のなかには、世間に広まって欲しくない極秘事項も少なからず含まれているものだから、評定の席には、基本、当事者と審議官たちのほかには

立ち入れないようになっている。

その評定の席に、唯一、立ち入ることができるのが、目付方の評定番なのである。審議が正しく行われているか否か、審議官らの言動に不審や怠慢はないか監察し、「評定書上《かきあげ》」として報告書をまとめて、老中方に提出しているのだ。

つまりこうした評定所の監察は、目付方の仕事であり、老中方の仕事であった。

だが九年前の宝暦《ほうれき》八年（一七五八）、領内に起きた一揆のことで重大な問題を起こした美濃《みの》郡上《ぐじょう》藩の進退を、どのように処すべきかの審議を評定所で行った際に、老中や五手掛ばかりに審議を任せるのではなく、上様のご意向を直接的に伝えるため、当時は『御側御用取次《おそばごようとりつぎ》』であった田沼主殿頭が、審議官の一人として列席したのである。

その九年前の先例がそのまま常例となり、『御側御用取次』から更に出世して『側用人』にまで上がった田沼主殿頭は、今もなお『評定番』の目付とともに評定を見分しているのである。

今日も十左衛門と同様に、先ほどの白洲での評定を見分し、居残りの評定である内座での話し合いも見分するつもりのようだった。

とはいえ、もう側用人の田沼が目付とともに見分しているのはいつものことだから、五手掛の審議官たちは、あまり田沼を気にしていない。こうして内座に来てしまえば、当時者である津山や円詮もいないため、言いたい放題に言えるのだった。

「いやしかし、ああも双方ともに、頑固に『徳四郎』とやらを譲らぬのでは、決着のつけようがござりませぬな」

審議が始まった内座の席で、さっそく五手の一同に向けて言ったのは、今も司会役を買って出ている町奉行の依田和泉守である。

すると依田の言葉を受けて、寺社奉行の久世大和守が、持ち前の大らかな物言いで答えた。

「さよう。あの様子では、この先どれほど評定を重ねたとて、どちらかが子をあきらめるとは思えぬゆえ、こちらで決めて、無理くり従わせるより仕様があるまいて」

そう言っておいて久世大和守は、ひょいと目付の清川のほうに向き直った。

「のう、清川どの。津山家がほうは、どうにか弛《ゆる》まぬか?」

「はあ、それが……」

清川は素直に、困った顔を見せた。

今回の案件で、もう幾度か久世大和守とは情報交換もさせてもらっているため、話をするのは慣れている。

五万八千石の大名である久世大和守を相手に「気心が知れている」とまで言ってし

まっては、さすがに語弊もあるだろうが、今、大和守が言った「弛まぬか？」という言葉の意味も、清川にはすぐに判った。

徳四郎を返せという主張を、どうにかして取り下げさせることはできないか、という意味である。

だが津山邦右衛門から、気の毒な長男の事情を聞かされている清川は、「跡取りは、徳四郎に……」と固執する父親の気持ちが判るような気がしていた。

「おそらくは、長男・釿一郎の行く末を案じてのことではございませんかと……」

「『長男』というと……、大怪我で廃嫡になったという者か？」

「はい……」

訊いてきた久世大和守にうなずいて、清川は先を続けた。

「いまだ満足には歩けぬようでございますし、よしんば歩けるほどに治ったといたしましても、『他家へ、養子の縁を得て片付く』というのは、やはり無理な話でございましょうし……」

つまり長男・釿一郎は生涯を実家で暮らすこととなるのであろうが、そうして居《い》候《そうろう》暮らしをせねばならぬなら、他家から養子に来た者に面倒を見てもらうよりは、実の弟である徳四郎の『厄介《やっかい》』になるほうが、どれだけましかは明白である。

それゆえ父親の邦右衛門は、よけいに徳四郎の還俗を望んでいるのではないかと、清川は、津山家側の事情をそう見て取っているのだ。

「父親《ちち》の思いが哀れゆえ、面と向かって訊ねた訳ではございませぬが、おそらくは、そうしたことかと……」

「なるほどな……」

ため息まじりにそう言った久世大和守ばかりではなく、見れば、町奉行の依田や勘定奉行の安藤、大目付の宮地までが、「さもありなん」という同情の顔をして深くうなずいている。

今年三十五歳になった清川にも九つの息子と六つの娘がいるのだが、おそらくは久世大和守にも、依田や安藤、宮地にも自分の子はいるはずで、津山邦右衛門の親心は身に染みて判るのではないかと思われた。

「して、大和守さま。徳四郎自身はこたびが話を、どのように申しておるのでございましょうか？」

清川が訊ねると、

「おう、それよ」

と、久世大和守は膝を叩いて身を乗り出してきた。

「配下《て》の者が幾度か明静院に出向いて、『徳四郎に会わせろ』と請《こ》うたようだが、円詮が断って会わせぬようにしておるらしい」

「それはまた……」

横手から口を挟んできたのは、町奉行の依田和泉守である。

「なれば『徳四郎』と申すは、実家《いえ》に戻って家督を継げるという事実《こと》を、いまだ知らぬのやもしれませぬな」

「さよう」

久世大和守も大きくうなずいた。

「まずは徳四郎当人に会《お》うて話をせねばなるまいと存ずるが、あの老練な和尚をいかに説き伏せればよいものか……」

大和守がそう言って、ため息をついて見せた時である。

それまでは「見分役」に徹して、白洲でも内座《ここ》でも何一つ発言しなかった田沼主殿頭が、内座の座敷の片隅から声をかけてきた。

「卒爾《そつじ》ながら、一言、申し上げてもよろしゅうございましょうか？」

「…………？」

内座の五手掛の全員が、ギョッとして振り返った。

「見分だけかと思っていた側用人が、いつもとは違い、声をかけてきたから」というのが、一同が驚いた一番の理由である。

とはいえ単純に「それだけ」という訳でもなく、二万石高の大名身分である田沼主殿頭が、やけに物腰やわらかに、やけに下手《したて》に声をかけてきたことに、空恐ろしさを感じずにはいられなかったからである。

だがそんな一同のなかで、ただ一人、田沼より家格の高い五万八千石高の大名である久世大和守が、微塵も動じずに、側用人の田沼に答えていた。

「よろしいが、何でござろう?」

自分のほうを振り返ってくれた久世大和守に、田沼主殿頭は平伏して言い出した。

「お話の明静院は、上野寛永寺の末院にござりまする。寛永寺と申せば、芝の増上寺と並びまして『菩提寺』にてございますゆえ、どうかお含みおきのほどを……」

「含みおいておるからこその、『五手』でござるがの」

いささか乱暴な口調でそう言って、久世大和守は憤然とした顔を、そのままに見せている。

だが対する田沼のほうも、「上様の御身《おんみ》が第一」の側近の頭《かしら》として、徳川家と菩提寺との円満な関係を守りきるつもりのようだった。

「『徳四郎』と申す者に話を訊くにいたしましても、寺社のご支配であられる『御寺社方』より圧をおかけになられますというと、やはり何かと、本山と軋轢《あつれき》も……」

「相判った！」

側用人の話を断ち切って言い放つと、久世大和守は誰も口を挟めぬように、どんどんと先を決めて話し続けた。

「なれば徳四郎がことは、清川どのにお任せいたそう。御目付方なれば、単に話を訊きに来たという体《てい》で収まるゆえ、あちらも、さしては気にすまい。『寺社方が、旗本のほうに味方した』とならねばよいのであろう。のう、清川どの。頼めるか？」

そう言って清川に話を振っておきながら、久世大和守の目は『見分役』として座敷の隅に控えている、目付筆頭・妹尾十左衛門のほうに移っている。

側用人が「ああだ、こうだ」とうるさいゆえ、そなたら目付方のほうにお頼みしてもよろしいかと、久世大和守は目付方の筆頭である十左衛門に、目で訊ねているのである。

だが、見分役として評定所《ここ》に来ている十左衛門に、評定の内容について意見が言える訳がなく、困った顔のご筆頭を救うべく、清川は腹を括《くく》ってこう言った。

「なれば、大和守さま。徳四郎への聞き込みは、僭越《せんえつ》ながら、私が代わりを務めさせていただきまする」

「うむ。よろしゅう頼む」

「ははっ」

どこまでも性格の明るい久世大和守は、すでに側用人に勝ったかのような勢いで、上機嫌になっている。

「主殿頭さまは……？」と、清川は、そっと田沼主殿頭の様子をうかがってみたが、こちらももう見分役に徹すると決めたのか、ご筆頭と同様、感情を消した横顔を見せているのだった。

五

翌日の昼下がり、清川は明静院の小ぶりな山門を抜け、秋の紅葉がハラハラと舞うなかを、奥に見える本堂らしき棟に向かって歩いていた。

供として連れてきた配下は、しごく少数である。円詮和尚に要らぬ威圧感を与えぬようにと、配慮してのことだった。

昨日、一緒に評定所を出たあとで「頼むぞ」と声をかけてくれたご筆頭のためにも、田沼主殿頭を相手に啖呵《たんか》を切った久世大和守の顔を潰《つぶ》さぬためにも、円詮和尚を不機嫌にさせることなく、徳四郎と一対一で話をしなければならない。

本堂に着き、堂前で紅葉を掃いていた若い僧に繋ぎを請うたが、なかなかに円詮和尚は現れない。

そのまま小半刻（約三十分）も待ったであろうか、ようやくさっきの若い僧の案内で、本堂裏の寄宿舎らしい建物に入っていくと、奥まった座敷のなかに、一人、円詮和尚が待っていた。

互いに硬い表情で挨拶を済ませると、

「して、何の御用でございましょう？」

と、さっそくに円詮和尚が訊いてくる。切り口上とまではいかないが、やはり武装を感じずにはいられない声色だった。

その円詮和尚に向かい、清川は真っ直ぐに目を合わせた。

「私は目付でございますゆえ、何事も有体《ありてい》に、嘘もごまかしも飾りもなしに申させていただきとう存じます。先日の評定でのご様子、今のままでは円詮さまに理があるとは思えませぬ」

「…………」

ぐっと唇を噛んで、円詮和尚は、歳相応に皺《しわ》のある細面《ほそおもて》の顔をゆがませた。

その和尚に向けて清川は、さらに重ねて道理を通すつもりになっている。「寺側を怒らせない」と心を決めて境内に足を踏み入れてきたはずなのに、今の自分はそんな忖度などお構いなしの目付の信条に突き動かされていた。

「どうぞこのまま円徳（徳四郎）どのにお繫ぎをいただき、話をさせてくださりませ。昨日の評定でのお訴えでは、まるで円徳どのにこたびが一件を隠したまま、無理に明静院《こちら》に残さんとしておられるようで、寛永寺ご本山よりのお口添えのこともあり、円詮さまがご本山の庇護を武器にして、横暴をなさっておられるがごとくに相見えまする。『そうではない。これは円徳さまご自身のご意志でもあるのだ』と、正当を示していただくためにも、やはり目付の私に、円徳どのと話をさせてくださりませ」

言い終えて、清川が改めて円詮和尚に平伏した時である。

「円徳は、ここにおりまする！」

と、どこからか高い子供の声がして、次の瞬間、横手から襖を開けて、徳四郎であろうと思われる少年が、行儀作法も見事に、こちらの座敷へと入ってきた。

そうして円詮和尚を守るかのように、ぴたりと師の隣にくっついて座ると、改めて清川に向け、畳に手をついて頭を下げた。

「御目付さまに申し上げます。円詮さまは少しも悪くはございません」

はっきりと言い放つと、徳四郎は顔を上げた。

「津山の家のことならば、すべて聞かせていただきましたし、『私に、家督を……』と申す話もうかがいました。ですがもう私は、この寺の僧にござりまする。五年前、津山の家に捨てられた私を慈悲深くもお引き受けくださり、僧として育ててくださった円詮さまと明静院の皆さまだけが、今の私の大切な身内にてござりまする」

「…………」

こういうことであったのかと、清川は返す言葉を失っていた。

おそらくは五年前、まだ八つであった徳四郎は、津山の家に「捨てられた」と感じて、ひどく傷ついたのであろう。

たしかに武家の子と生まれて、次・三男の兄たちは普通に他家へと養子に出されただけだというのに、四番目の自分だけが武家の身分からも追い出されて、世俗を捨てた出家の身にならねばならないというのは、子供心にも納得できる話ではなかったのかもしれない。

五年前のここに来たばかりの頃には、たぶん暗い目をして、たいして口も利かなかったのであろう八歳の徳四郎の姿が、目に浮かぶようだった。

そうした暗い目をした少年を、清川は昔、ごく近くに毎日眺めて、毎日案じて心を痛めていたものである。

「円徳どのがお気持ち、おそらく私の兄ならば『よう判る』と申して、辛《つら》い昔を思い出し、涙するやもしれませぬな……」

「え?」

さっきまでの険《けわ》しい眼光を一瞬でゆるめて、徳四郎は子供らしい素直な興味をこちらに向けたようだった。

その徳四郎を相手に、清川は今、自分より四つ年上の兄の話をしようとしていた。

「兄は弟の私より四年も前に生まれましたが、兄の生母は『側室《そくしつ》』であったため、清川の家の家督は、『正妻の腹』から生まれた私が相継ぐことになりました。兄を差し置き、私が嫡男として諸方に披露されましたのは、ちょうど今の円徳どのと同齢の時分でございます。当時、私は何よりも兄に申し訳ない心持ちでいっぱいで、兄と一緒に家を出たいと願《ねご》うていたほどにございました」

「清川どの……」

と、慈愛に満ちたしわがれ声をかけてくれたのは、円詮和尚である。

その円詮和尚に、清川は有難く頭《こうべ》を垂れた。

「私が嫡子と決まってより幾年もしてからではございましたが、それでも兄は他家へと婿にまいりまして、その先で出世をし、今では清川の家と変わらぬほどに御禄もいただいてござりまする」

「おう。それはよろしゅうござりました」

即座に本気で喜んでくれた円詮和尚に、「有難う存じまする」と、清川も嬉しく礼を言う。

すると、それまで黙って聞いていた徳四郎が、暗くうつむいたまま、清川に訊ねてきた。

「……兄上の具合は、まだ悪いのでございましょうか？」

今の話で徳四郎も、長兄の釿一郎の顔を思い出したのかもしれない。

よく見れば、うつむいた徳四郎の口元は、子供が今にも泣き出さんとする前のしぼめたような口の形になっていた。

「いまだお一人では立てないようではござるがな、ご長兄の釿一郎どのは、まことにもって凛《りん》としたご立派なお方でござりまする。『こうした身体に相成って、これでは津山の家を守れぬと悩んでいたゆえ、廃嫡としてもらえてよかった』と、お父上に、さように申されていたそうにござる」

「兄上……」

ぼとぼとぼとと、徳四郎のうつむいた顔から涙が落ちた。

すると、そんな弟子を見て取って、横手から円詮和尚が手を伸ばし、徳四郎の背を撫で始めた。

「どうだ、円徳。前にも幾度か申したが、御仏は『親兄弟を大事に思うて、修行の道を離れる者』を、いっこう責めたりはなさらぬぞ。そなたが兄を思うて、津山の家に帰るのならば止めはせぬ。在家のままで精一杯に修行をし、徳を積むという生き方もある」

「円詮さま……」

徳四郎は涙や鼻で汚れた顔をそのままに上げてきたが、それでも首は、幼子が嫌々《いやいや》をするように、横に振り続けている。

「やはり私は、こちらに居とうござりまする。兄上のことを思えば、どうすればよいのか判らぬようになりますが、やはり私は円詮さまのお傍《そば》で、御仏に生涯お仕えしたいのでございます……」

ひどくしゃくり上げながらも、徳四郎は必死の目をして言葉を継いで、ここにいることを望んでいる。

円詮和尚のこの人柄をもってすれば、「円徳」のまま、明静院で暮らしたいと願うであろうなと、清川もそう思った。

「なれば円徳どの、そなたがこのまま『僧』として、釿一郎どのを御救いになるがよろしかろう」

清川がそう言うと、「え？」と徳四郎は涙に汚れた顔を上げてきた。

「『僧』として？」

「さよう」

清川は大きくうなずいて、爽やかに笑って見せた。

「この先、津山家はご養子を迎えられることに相成ろう。しかして、もしそのご養子が家督をお継ぎになられた後、釿一郎どのが肩身の狭い暮らしをなされているようなら、円徳どのが兄上に出家をお勧めになり、ともに相暮らせばよいではござらぬか。年を経て、兄弟で昔を語り合うは愉《たの》しゅうござるぞ」

「おう、そうそう。年寄れば年寄るほどに、昔語りは愉しいゆえな」

円詮和尚も横手から太鼓判を捺《お》してくれて、清川はそれから程なく快い気持ちで、明静院を後にした。

これで結局、徳四郎は津山家には戻らぬことになったから、公事の訴訟の話でいえば、「息子を返してもらえない」と幕府に訴えを出した津山邦右衛門は、敗訴、ということになる。

だが清川には、邦右衛門を納得させる自信があった。

もとより自分は昔から、「口は、人並み以上に立つほうだ」という自負がある。この口の達者さは、目付になる前、まだ使番《つかいばん》をしていた頃には、今以上に仕事の際に重宝《ちょうほう》したものである。

ただ「目付」になって日を重ね、年を重ねていくうちに、清川は、時に自分の口の達者さを「良い」と思うばかりではなくなってきた。

目付は、たとえ他人《ひと》に煙たがられて、恨みを買うことがあったとしても、それが正しいことならば貫かねばならない。そうした際に、少しでも周囲からの恨みを緩和したいと、自分の正当性を主張して、口達者に言い訳をしてしまう自分が、目付としては何だか卑小に思えることがあるのだ。

たとえばご筆頭や小原さまとか、稲葉《いなば》どのといった面々は、おそらくそうして自分のように正当性を主張して、「ああだ、こうだ」と見苦しい言い訳などしようとは思わないのであろう。

ことに、ご筆頭などは弁も立ち、話にしごく説得力もあるのだが、さりとて自分を良く見せようとして口を開く訳ではないのである。

「それに比べて、自分は……」と、清川は時おり無性に自分が口の軽い男に思えて、情けなささえ感じていたのだが、そうして口が達者なことと、目付としての重みがないこととは、まったくの別問題であったのだ。

目付がまずは守らねばならないことは、「正しい」と思う時には「正しい」と言い、「それはよくない。誤りだ」と思った時には、どこの誰にも遠慮をせずに「だめだ」と口に出すことである。

その正しい主張を通すために達者に口を使うことができるなら、弁が立たずに主張が通らずにいるよりも、断然いいに決まっているのだ。

清川は、明日に再度行われる予定のこの案件の評定を、心待ちに思うのだった。

六

評定所に上げられた公事は、その決着がつくまで、繰り返し担当の審議官が集まって評定が行われる。

その審議は、訴訟の当事者抜きで『内座』で行われることもあったが、今日のように津山邦右衛門と円詮といった両者を呼んで、白洲でされることもあった。

白洲の板の間に座した邦右衛門と円詮の二人を前に、五手の審議官の面々が評席に打ち揃い、すでに評定は始まっていた。

「なれば円詮どの、その『円徳どの』が還俗をせぬというのは、他ならぬ円徳どののご自身の望みであると申されるのだな？」

司会の町奉行の問いに、今日は素直に穏やかに、円詮和尚は答えていた。

「はい。『在家のままで修行を続ける道もある』と、これまでも幾度か私も還俗を勧めてきたのでございますが、『もう御仏に仕える身となったのだから、還俗などしたくない』と……」

「そんな！」

たまらず声を上げてきたのは、父親の津山邦右衛門である。

「なれば何ゆえ、これまで黙っておられたのでござる？　徳四郎がそうしてはっきり断ったというのなら、さように早く言ってくれたらよろしかろうに……。これまでは徳四郎がことなど、お口にはいっさい出さず、ここに来て、そうして急に『徳四郎が家督は継がぬと申している』といわれても、信じることなどできかねる！」

そうして反論している間にも、驚きや激怒と失望が、父親である邦右衛門を苛《さいな》んでいるのだろう。見れば、涙を必死に我慢しているのか、目の縁《ふち》は赤くなり、こめかみには青筋が立って、両膝の上で握った固い拳もわなわなと震えている。

おまけに、そんな邦右衛門の姿が気の毒で正視できずにいるらしく、円詮和尚も辛そうに深くうつむいている。

その両者を見比べて、清川は審議官の一人として声を上げた。

「和泉守さま。ちとよろしゅうございましょうか？」

「おう、清川どの。何ぞかあれば、是非にも頼む」

相も変わらず煮詰まった評定に困り果てているのを、ポンと清川に投げて押し付けるがごとくに、町奉行は手を引いた。

気がつけば、上席に着いている久世大和守もだいぶ期待をしているらしく、「よし、行け！」と言わんばかりに、こちらへうなずいて見せてくる。

つい癖で「ご筆頭は……？」と目をやれば、十左衛門はいつものように「見分役」に撤していて、こちらを眺めるその目には、何らの感情の動きも読み取ることができない。

そんなご筆頭の「目付としての見事さ」が、清川の目付としての自負に改めて灯を点《とも》した。

「徳四郎どのがこの将来《さき》の話でござりまするが、そも幕臣の監察を預かる目付方といたしましては、徳四郎どのに津山家・五千石の身代を継がせる訳にはまいらぬであろうと、さように判断をばいたしました。心身ともに御仏にお仕えする者に、武士として戦《いくさ》をし、人を殺《あや》めることができましょうか？　在家で御仏に仕えておいて、五千石の禄を食むなど、もってのほかにござりまする」

「………！」

と、目を怒らせてきたのは、むろん津山邦右衛門である。

清川が最初に聞き込みに訪れた際には、あれほどに「釿一郎どのはご立派でござる」と肩入れをしてくれて、『堅物《かたぶつ》ぞろい』と聞く御目付役のなかにも、あのように善き御仁もいるのでござるなと有難く思っていたのに、今の仕打ちは手の平を返してきたようである。

すると何と、その鬼のような清川が、まるで一人に話しかけているかのように、邦右衛門《こちら》に目を合わせて先を続けてきた。

「五年前、わずか八つで明静院に行かされることになった時、徳四郎どのは津山家から『捨てられた』と感じたそうにござりまする」

「やっ、清川どの……！」

向こうで円詮和尚が慌てて、「喋ってはだめだ！」という風に、こちらに手を振ってくる。

だがここを言わずして、救いの道も、決着の道も進むことはできないのだ。

「長男は家を継ぎ、次男・三男も他家《よそ》の武家へと婿養子に出るというのに、何ゆえ四男の自分だけが『世間《よ》を捨てて、出家せよ』と言われるのか。それはすなわち『四人目などという男児には、武家として生きる価値はないのだ』と言われたように感じられたに違いございませぬ」

「……くっ！」

と、邦右衛門が下を向き、わなわなと震え出した。

「ですが津山どの、昨日、徳四郎どのにお目にかかったかぎりでは、そうした武家の有り様《よう》への怒りや恨みといった代物《しろもの》は、僧として修行を積んでこられたこの五年の年月で、だいぶん軽く、ゆるんでおられるようでござりまするぞ」

「…………」

目を上げてきた邦右衛門に、清川は優しくうなずいて見せた。

「今はまだ十三のお子ゆえ、『武士でいるより、心の安住が得られて良いのではないか』と思って、円詮どのにお預けなさった親心など判りますまい。しかしてこの先、徳四郎どのが大きゅうなられて、それこそ子など生《な》した際には、お父上のご心情にもお気づきになられましょうて」

「清川どの……」

津山邦右衛門は泣きそうな目を向けてくる。

だが目付としては、その感涙は自分にではなく、円詮和尚に向けるべきだと、清川は冷静に判断した。

「この一連を『父親にすべて聞かせるのは忍びない……』と、円詮どのはどうにも口に出せずにおられたのでございましょう」

「円詮さま！　まことと、さようで？」

喰いつくように円詮のほうに向き直った津山に、和尚は困った顔ながらにうなずいて見せた。

「御心も知らず、申し訳もござりませぬ」

「いや……」

そんな公事人ら双方を温かく眺めて、五手の役人それぞれも、この評定にようやく決着がついたことに、ほっと胸を撫で下ろしていた。

「清川どの。恩に着る」

久世大和守がそう言ってきたのは、見分役の一人、側用人の田沼主殿頭を意識してのことであろうか。

清川は、自分の口がまずまず上手《うま》く動いたことのほうに、一人、ほっとするのだった。

見分役の十左衛門が、この評定の報告書を書き上げて提出したのは、翌日のことである。

評議の一部始終をていねいに書き綴った報告書をまわし読みに読んで、ご老中方々は、みな一応に喜んでいたという。

「これで本山の寛永寺も、機嫌を直すことだろう。清川には『ようやった』と、よろしゅうに伝えてくれ」

と、首座の老中である松平右近将監武元《まつだいらうこんのじょうたけちか》も、そう言ったらしい。

その有難い上つ方のお言葉を、清川はご筆頭からすぐに伝えてもらえたが、「目付もよいが、やはり早く出世がしたい」と、念ずるように考えていた一、二年前の昔に比べると、こうして手柄を褒められても、自分のなかにそれほどの興奮がないことに清川は気がついていた。

老中方のお言葉をこんな風にないがしろにするなど、もったいないという気はするのだが、やはり心は、それほどには躍《おど》らない。

そんな、いかにも目付らしくなった自分が、清川には嬉しかった。

第二話　月次御礼《つきなみおれい》

一

江戸城の本丸御殿では月に三回、一日と十五日と二十八日に『月次御礼《つきなみおれい》』と呼ばれる儀式が行われている。

月次というのは「毎月決まった、恒例の……」という意味なのだが、参勤交代《さんきんこうたい》などで江戸に在府している大名や旗本たちは、月に三回、本丸御殿に参上し、上様に拝謁《はいえつ》することになっているのである。

上様に対して常に変わらぬ忠誠心を体現するため、暇をかけ、お金もかけて、月に三度も江戸城に集まらねばならない訳で、だがこうして幕府の決めた儀式にきちんと出席することは、大名や旗本にとっては家の存続に関わる重大な仕事であった。

出席を義務づけられている儀式に幕府の許可も取らずに欠席したり、儀式中、何ぞ失敗や粗相など仕出かしてしまったりすると、当然、幕府からお叱りを受けて、悪くすれば『御家断絶《おいえだんぜつ》』になったり、『減封《げんぽう》（家禄を減らされること）』になったりと、武家にとっては怖ろしいばかりなのである。

それゆえ大名も旗本も、本丸御殿で開かれる儀式に初めて出席する際には、本番に即した形で、予行練習をしておくのが普通であった。

本丸御殿で行われる幕府の儀式は、上様を中心に進行されるだけあって、礼法にはしごく厳しい。

実際、儀式の礼法は登城してきた直後から厳格に定められていて、式が始まるまでの間、自分はどの部屋に待機しているべきなのか、いざ式が始まったら、どの廊下を通って何という座敷に出向き、自分はその座敷のなかのどの畳に座さねばならないのかなど、それぞれの家格に見合った席次や進行に従って、一挙一動を正確にこなさなければいけないのだ。

こうした礼法については、むろん、あらかじめ幕府のほうにお伺いを立てておき、式の当日どのように動けばいいのか書き取った紙《もの》を、いざという時の指南書として懐《ふところ》に忍ばせてはおくのだが、さりとてそれを式の最中、常に片手にして確かめながら動くなどという、みっともない真似はできない。

江戸城の本丸御殿は広すぎて、似たような大きい座敷が多数あり、それらに繋がる廊下にしても幾筋もあるものだから、実際に御殿のなかで予行練習をしてみなければ、上手《うま》くこなせないのは必定《ひつじょう》であった。

そんな訳で、俗に『習礼《しゅうれい》』と呼ばれるこうした予行練習は、あらかじめ幕府に許可をもらった上で、本番当日の早朝、本丸御殿を使わせてもらい、幾度か稽古するのが通例となっていた。

明和《めいわ》四年（一七六七）の十一月十五日、この日初めて月次御礼に出席する予定の熊《くま》本新田《もとしんでん》藩の藩主、細川利致《ほそかわとしゆき》の場合もそうであった。

当年とって十八歳の細川利致は、つい数ヶ月前、先代の藩主であった父・利寛《としひろ》の死去により、三万五千石高の熊本新田藩を継《つ》いだばかりで、まだ「〇〇守」などという官位も受け終えてないほどの、ごく新参の若大名である。

十一月十五日の月次御礼の初出仕にあたり、すでに半月ほど前には、細川家より幕府にあてて、

「当日の早朝、通例のごとく習礼をさせていただきたく……」

と、正式に届けは出されていたのだが、初出仕の前日である十四日、その習礼の届

けとは別に、新たに細川家の使者から「お伺い」の書状が持ち込まれてきた。

書状によれば、なんでも細川利致の面部（顔）に吹き出物ができていて、この調子では明日に迫った月次御礼当日までに治る見込みがないため、当日、上様に拝謁するにあたって、「御目障《ざわ》り」にならないようにするにはどうすればよいものか、ご教示をいただきたい、ということだった。

上様に拝謁する際には、こんなたかだか吹き出物にまで「お見苦しくはあるまいか？」と、お伺いを立ててくるのである。

こうした諸々《もろもろ》の「お伺い」に答えて対処するのは、儀式の礼法の指導や監督を預かる『目付方』の仕事になっていた。

これは、たとえ相手が幕臣ではなく大名身分の者であっても、同様である。

明日に本番を迎える「十一月十五日の月次御礼」の礼法の指導と監督は、目付方の一人である桐野《きりの》仁之丞《じんのじょう》忠周《ただちか》が担当することになっていて、今、桐野は細川家よりの使者が待っているという本丸御殿内の『蘇鉄之間《そてつのま》』という座敷に向かっていた。

十人いる目付のなかでは一番の新参で、まだ二十六歳と若手の桐野は、実は今回、初めてこうした儀式の礼法監督を担当するのである。

御三家や御三卿、二十万石以上の大大名たちについては、ご筆頭の十左衛門が担当してくれているのだが、それ以下の家格の武家は、すべて桐野が自分で指導・監督しなければならない。

（熊本新田藩・三万五千石の細川家がお相手か……）

と、桐野がいささか緊張しながら蘇鉄之間に顔を出すと、待っていた細川家の使者は、初対面の挨拶が終わるやいなや、すがるような目をして言ってきた。

「御目付さま。まことに不躾《ぶしつけ》ではございますのですが、折り入ってお願いの儀がございまして……」

実は今、細川家がかねてより懇意《こんい》にしている表坊主の詰所《つめしょ》部屋を借りていて、そこに当人の細川利致を待たせてあるゆえ、これから一緒にその部屋へ行き、直《じか》に利致の顔の吹き出物の様子を見てもらえないかというのである。

「なにぶんにも、ちと多うございますもので、やはり御目付さまに、直《じか》にご裁断をいただきましたほうが、よろしかろうと存じまして……」

「さようでございましたか」

今の話に「若い大名の吹き出物の状態」を想像して、桐野は細川家の使者にうなずいて見せた。十八歳という細川利致の年齢を考えれば、顔中に吹き出物が広がっていても不思議ではないのだ。

「なれば、これよりさっそくにも、同道させていただきまする」

桐野が言うと、『芳村康五郎《よしむらやすごろう》』と名乗ってきた五十がらみのその使者は、

「ご足労をおかけいたします」

と深々と頭を下げて、見るからに、ほっとしたような顔つきになった。

あらかじめ、細川家から頼まれていたのであろう。芳村と二人、桐野が襖を開けて座敷を出ると、廊下には桐野も顔見知りの『皆川叡寛《みながわえいかん》』という古株の表坊主が控えていた。

「桐野さま。どうぞ、こちらに……」

皆川叡寛の案内で坊主部屋の一室に着くと、待っていた十八歳の大名は、なるほど遠くから一目見ただけでも「吹き出物だらけ」といえた。

こうして顔の出来物《できもの》を気にして、

「やはり膏薬《こうやく》で隠したほうが、ようございましょうか？　それとも何も貼らぬほうが目立たず、ようございましょうか？」

などと、目付方に裁断を仰いでくる武家は少なくない。

膏薬というのは、軟膏《なんこう》を布地に塗り広げて、傷や出来物に貼り付けるものなのだが、この膏薬についても、

「出来物を隠せるギリギリの、四、五分（約一・五センチ四方）ほどの大きさに貼ろうと思うのですが、それで大丈夫でございましょうか？」

などと、今回のように、前日あたりに「お伺い」を立ててくるのだ。

とはいえ、そうして「お伺い」の書状が出されても、実際に目付方《こちら》がその大名や旗本当人に会って、出来物の状態や膏薬の貼り具合を判断してやるのは、儀式当日の朝なのが普通であった。

顔にできた吹き出物など、早い話が「膏薬で隠すか、隠さぬか」の二択のようなものだから、当日の朝でも十分に事が足りるからである。

だが今回にかぎっては、たしかにそんな単純な二択では、どうにもならないようだった。

「細川さま。ご無礼ながら、ちと拝見させていただきまする」

桐野がそう言って近づいていくと、若い大名はうなずいて、自分からも一膝にじり寄ってきた。

「お手数《てかず》をおかけいたし、まこと、かたじけない限りでござる。よろしゅうにお頼み申す」

細川利致は初々《ういうい》しくも、家格としてはかなり下の旗本身分である桐野《こちら》に向かい、小さく頭を下げてくる。

大名に頭を下げられて恐縮し、「はっ」と桐野は、改めて平伏した。

「必ずや、礼法に障《さわ》りなきよういたしますゆえ、万事お任せくださりませ」

挨拶の後、桐野がぐっと近づいて改めて眺めると、吹き出物は、両側の頬をはじめとして、額にも顎にも鼻の頭にも随分と広がっているのが判った。

ごく出来初めのプクリと皮膚が膨らんでいるだけのものもあれば、赤く変色していたり、明らかに膿《うみ》を持っているものもあったりして、これらすべてを膏薬で隠すことなど、到底、無理である。

さりとて、いっさい隠さずにむき出しのまま上様の御前に出るというのは、さすがに憚《はばか》られるのではないかと思われた。

(これは、なかなか、難題だぞ……)

桐野が内心どうしたものかと必死で考え始めていると、傍《そば》で控えていた芳村康五郎が、

「御目付さま」

と、横手から声をかけてきた。

「実はちと、かようなものを持ってまいったのでございますが……」

芳村が差し出してきたのは、蓋《ふた》つきの小さな丸い瀬戸物の器である。芳村は蓋を開け、さっそく中身を見せてきたが、どうやら女人《にょにん》がよく使う『白粉《おしろい》』のようだった。

「家中《かちゅう》の女中《おんな》たちの申しますには、こうしたものでございましたら、出来物の赤みなども隠すことができますそうで……」

そう言って芳村は、自分の手の甲で実演をし始めた。

坊主の皆川叡寛が用意してきた水の入った小鉢に、人差し指と中指をどっぷりと浸すと、水の滴《したた》るその指で、白粉の表面をぐりぐりと撫でて溶かしていく。

白粉は、まるで漆喰《しっくい》の白壁のように固く締まっていたが、芳村が何度も水をつけては撫でさすっているうちに、表面が次第にこなれて解けてきた。

「ほう……。白粉とは、さように使うものでござりまするか」

桐野が感心して覗き込むと、「はい」と芳村はうなずいてきた。

「女中らに『ああだ、こうだ』と、存分に指南を受けてまいりました」

そう言って芳村は笑顔を見せると、次には、やおら主君である細川利致のほうに向き直った。

「殿《との》。なれば、失礼をばいたしまする」

「うむ」

うなずいて細川利致は、芳村のほうに顔を突き出した。その主君の、まずは頬に広がっている吹き出物の上に、芳村は薄く薄く、ていねいに白粉を伸ばしていく。

熊本新田藩主であるこの若い大名は、よく見れば端整な顔立ちをしていて、肌の色もごく白い。

その肌の白さが幸いし、白粉を塗り伸ばしても悪目立ちはしないようで、自然に肌に馴染んでいくようだった。幾度か薄く塗り重ねていくと、細川家の女中たちの言う通り、吹き出物の赤みは見事に白粉の下に隠されて、次第に目立たなくなってきている。

その見事な隠されぶりに、桐野も思わず見入っていた。

「ほう。これはまた、具合がよいようでございますな」

「はい。こうして二度、三度と重ねるようにいたしますと、よろしいようでございまして……」

おそらくは、ここで目付の桐野に見せるより前に、細川家の屋敷内で女中らの指導を受けながら、実際に塗ってみたのであろう。塗り手の芳村も、塗られる側の細川利致も、すでに手慣れている様子であった。

「御目付さま。これでいかがでございましょうか？」

「はい。なれば細川さま、ご無礼ながら拝見をいたしまする」

「かたじけない。よしなにお頼み申す」

「ははっ」

もう一度ていねいに頭を下げてから、桐野はズズッと細川利致の真っ正面に進み出た。

本当に、改めて近くで眺めてみれば、白粉の威力は抜群なようである。ぽちぽちと目立っていた赤みはきれいに見えなくなっているし、膿を持っている場所も白粉の下に隠されて、ちゃんと目立たなくなっている。

やはり細川利致がかなりの色白であったことと、まだ若く、皮膚自体に張りや艶《つや》があることが大きく幸いしたようである。近くでみれば、「もしかして顔に何ぞか塗っているのか？」と気づく人もいるやもしれないが、ああした儀式の最中に、あまりまじまじ他人の顔を覗き込む大名や旗本はいないから、まさか男が化粧をしているなどとは判らないだろうと思われた。

儀式の礼法を預かる目付として、桐野は判断を下して言った。

「このご様子なれば、何の障り（問題）もございますまい」

「さようでございますか！」

喜んで言ってきたのは、芳村康五郎である。

「なれば明日もこの伝で、参上させていただきまする」

「はい。さように」

にっこりと桐野がうなずいて見せていると、芳村の横で十八歳の成り立ての大名は、

「ふぅ……」

と、小さく安堵の息を吐いたようだった。

おそらくは、初めての月次御礼を前にしての顔中の吹き出物で、一体どうすればよいものかと、さまざまに気に病んでいたのであろう。このいかにも初々しい若い大名の様子に、出仕したての自分自身の昔を思い出して、桐野はふっと微笑《ほほえ》ましい心持ちになった。

「細川さま」

改めて声をかけると、桐野は三万五千石の大名に敬意を込めて、平伏した。

「明日も私、桐野仁之丞忠周が列席させていただきまする。よろしゅうにお願いつかまつりまする」

当日の明日も儀式の席には自分がいるから大丈夫だと、桐野は暗に、そう伝えてあげたかったのである。

すると、そんな桐野の気持ちは、実に素直に若い大名に伝わったらしい。

「さようでござるか」

十八歳の細川利致は、初めて明るく、その顔を上げてきた。

「こちらこそ、どうかよしなにお願いいたす」

「ははっ」

桐野がまた平伏で答えて、細川利致の初出仕前日は、こうして過ぎたのであった。

二

十一月十五日、『月次御礼』当日の朝となった。

今回の細川利致のように、初めて江戸城での儀式に出席する大名や旗本は、本番前に習礼をせねばならぬため、当日の朝はかなり早くに登城してこなければならない。

築地《つきじ》の西本願寺《にしほんがんじ》にも程近い大川《おおかわ》（隅田川《すみだがわ》）のそばに上屋敷がある細川家は、まだ夜が明けきらぬうちに行列を仕立てて、上屋敷を出立し、江戸城へとやってきた。

本丸御殿の玄関に到着すると、かねてより頼んでおいた昨日の表坊主・皆川叡寛が、さっそく玄関の式台まで出迎えに現れて、心得た様子で、熊本新田藩藩主である細川利致を『柳之間《やなぎのま》』という広さ五十畳ほどの大座敷へと案内し始めた。

室内の襖すべてに見事な柳の絵が描かれているこの『柳之間』は、三万五千石高の細川家のような、十万石までいかない中小の外様大名に使用が認められている大座敷である。

今日のように殿中で行事のある日は、大藩とはとてもいえないこうした外様大名たちが、「共同の控え室」として使用することになっていた。

この同じ『柳之間』詰めの先輩大名の一人に、今回、細川家は、習礼の指導を頼んであった。肥前平戸《ひぜんひらど》藩・五万一千七百石の藩主で、松浦肥前守《まつらひぜんのかみ》誠信《さねのぶ》という五十六歳の古参の大名である。

十八歳の細川利致とは親子ほども歳の離れた松浦肥前守であったが、利致の父親で、今年亡くなったばかりの先代の熊本新田藩主・利寛とは、同じ柳之間詰めの大名どうし、気の合う間柄であったため、今回も喜んで指南役を引き受けてくれたのである。

その松浦肥前守の口利きで、同じく利寛と交流のあった豊後岡《ぶんごおか》藩の藩主、四十四歳の中川修理大夫《なかがわしゅりのだいぶ》久貞《ひささだ》も、今朝の習礼に付き合ってくれることになっていた。

まだ誰もいない柳之間で、ぽつんと心細く細川利致が座していると、程なく松浦肥前守も、中川修理大夫も登城してきてくれて、

「なれば、さっそく……」

と、松浦肥前守の先導で、月次御礼の習礼が始まった。

柳之間詰めの大名たちが上様と拝謁する場所は、『白書院《しろしょいん》』といって上様が公的に使われる、いわば応接室のような大座敷である。

上様が着座される上段の座敷だけでも二十八畳あり、その上段之間を囲むように、三十畳前後の続きの間が幾つも配置されており、畳敷きになった廊下まで含めると、実に三百畳近くになった。

その白書院の廊下の端に居並んで、上様がお出ましになられるのを待つ形で、月次御礼の拝謁はなされるので、今はまだ誰もいないその場所を使わせてもらって、練習するのである。

実際の拝謁の際には四、五人ずつで一組になり、おおよそ家格の高い順に、拝謁の番がまわってくる。そうしていよいよ自分たちの番が近づいてくると、『寄《よせ》』といって、礼法担当の目付から呼び出しがかかるため、白書院近くの廊下まで移動して、組ごとに並んで控えておかなければならない。

こうして月次御礼には、さまざま面倒な手順が多々あるのだ。

「細川どの。ご貴殿は、我ら二人の間に入られるがよろしかろうて」

いつもなら豊後岡藩・七万石の中川修理大夫の次に、肥前平戸藩・五万一千七百石の松浦肥前守が並ぶのだが、今回は肥前守のほうから幕府に届けを出してあるため、初出仕の細川が心細くないよう、二人の間に挟もうというのである。

こうして初出仕の者の世話をして、同部屋の古参の者らが挟む形で手本になってやるのはよくあることで、その際だけは家格の順番が合わずに、七万石、三万五千石、五万一千七百石と妙な形になっても、幕府も許可してくれるのだ。

幕府の儀式で『粗相《そそう》』をすれば、藩の存続を揺るがす大問題になりかねない。藩主たちは、自分らの一挙一動に藩の盛衰がかかっていることを重々承知しているため、「武士は相身互《あいみたが》い」の言葉よろしく、こうした時には親身になって面倒を見てくれるのである。

松浦や中川にしても、必ず将来《さき》には、我が倅《せがれ》が今の細川利致の立場になる。その際には、逆に細川に頼めるやもしれなかった。

「まことに、かたじけのう存じまする。どうぞよろしゅうお願いつかまつりまする」

まだ三人しかいない柳之間の真ん中で、十八歳の細川利致が父のような年代の二人に改めて平伏して礼を言い、いよいよ習礼を始めることに相成った。

「されば、他藩《よそ》の集まらぬうちに参ろうか」

「はい」

　さっそくに柳之間を出立し、中川、細川、松浦の並びで朝の冷え冷えとした廊下を進み、三人は白書院の廊下までやってきた。

「なれば、御目付どのより『寄』がかかったということにして始めようと存ずる」

　肥前守がそう言って、まずは目付に呼ばれたことにして、白書院の廊下の端《はし》に、障子を背にして居並んで平伏した。

「こうしてじっと、ただひたすらにお待ち申し上げておれば、順次、名が呼ばれて、ご拝謁の運びとなるゆえ、ご案じめさるな」

「はい。お有難う存じまする」

　改めて細川が平伏し直して、いよいよ「いざ拝謁」という際の習礼となった。

　自分の名が上様への紹介として読み上げられるまで、その格好のまま待つのである。

　名の読み上げは、『奏者番《そうじやばん》』の仕事であった。

　奏者番は、江戸城中で行われるさまざまな儀式で、司会を務める役職である。

　松浦がその奏者番の役になり、まずは中川の名を読み上げ、続けて細川の名も読み上げて、拝謁の手順を教えた。

「取りあえずは、こうしたあたりが一連の運びでござる。なれば、いったん引き上げるといたそうか」

「さようでござるな」

松浦の言葉に中川もうなずいて、三人は白書院から、また柳之間へと戻ってきた。

だが実は、初出仕の際の習礼は、これで終わりではない。

しばらくすると表坊主が柳之間に顔を出してきて、「内稽古《うちげいこ》が始まりますゆえ、どうぞお支度くださいませ」と、三人を呼びにきた。

習礼の際に、わざわざ「内稽古」と呼んで別扱いにする練習は、奏者番が主体で行われる練習のことである。

細川のように初出仕の者がいる場合、奏者番は儀式の進行をする必要上、名と顔とをある程度までは一致させておく必要がある。

それゆえこうして奏者番から『寄』がかかるという訳で、三人は、また中川、細川、松浦の順に並んで白書院の廊下へと向かった。

一度目の練習の通りに奏者番の内稽古もこなし、またも柳之間へと戻ってきたが、ここで細川にとっては大切な、同部屋の先輩大名たちへの顔繋ぎの行事がある。

松浦や中川はもちろんだが、他の柳之間詰めの大名たちも誘い、用意してきた折詰め弁当で、もてなしをするのである。

とはいえ、むろん柳之間で弁当を食べることなど許されていないから、あらかじめ頼んであった表坊主・皆川叡寛の詰所部屋をまた借りて、そこで先輩方一同にご馳走するのだ。

この会食についても、世話役の松浦肥前守が同部屋の主立《おもだ》った大名たちに声かけをしておいてくれて、松浦と中川のほかにも五、六人の大名たちが、叡寛の部屋へと集まってきた。

そうして無事、新参大名としての顔繋ぎも済んで、皆で柳之間に戻って間もなく、三度目の習礼の『寄』がかかった。三度目は、今日の担当目付である桐野仁之丞が主催する、本番と寸分違わぬ形式の習礼である。

儀式が滞《とどこお》りなく正常に進行するよう、初出仕の出席者が正しく動くことができるか否かを本番直前に検査するもので、これにはもちろん奏者番も参加して、名の読み上げも本番通りに行われるものだった。

その最終の習礼も細川利致がしっかりとこなしているのを見て取って、桐野はほっと小さく安堵の息を漏らした。

やはりさすがに緊張はしているものか、表情が硬く、動きも滑らかという訳にはいかなかったが、次に自分はどう動けばいいものか、もう先輩方々のお手本を見なくても頭に入っているようである。

見れば、顔の吹き出物のほうも、昨日と同様、うまく隠せているようだった。

霜月《しもつき》（十一月）の底冷えが、そうでなくてもピリピリと緊張で引き締まっている白書院の廊下の空気を、よりいっそうピンと張りつめたものにして、もともと色白な細川利致の横顔を能面《のうめん》のように見せている。

（あれなれば、面部の出来物のほうも、懸念はあるまい）

汗の出やすい夏の暑い盛りではなく、霜月の寒さのなかであったことが、幸いしたようだった。

だが三度に亘《わた》る習礼をもってしても、得られない経験がまだ一つあった。

本当に上様の御前に出ること、である。

十八歳の初々しすぎる大名は、いざ上様の御前に出るなり、緊張が極度に達したか、とんだ粗相を仕出かしてしまったのだった。

三

「ご筆頭、一大事にござりまする！　本日、桐野どのが見分につかれていた月次の拝謁のお席で、一人、障子を破る粗相が出たそうにございまして……」

「なに？　まことか？」

「はい」

急報を持って駆けつけてくれたのは、目付の一人、赤堀小太郎乗顕《あかほりこたろうのりあき》である。

今、十左衛門は、御三家・御三卿や有力外様大名などの月次御礼の見分を終えて、目付部屋に戻ろうとしていたところであったが、その途中にいた十左衛門を探して、赤堀が急ぎ報せてくれたという訳だった。

「して、粗相を出したのは、どちらのお方だ？」

「熊本新田藩の細川さまだそうにござりまする。何でも今日が初のご出仕であられたということで、おそらくは硬くなられたものかと……」

今日は当番で目付部屋に詰めていた赤堀のもとに、表坊主方から急報が来たのは、ついさっきのことだという。

熊本新田藩主・細川利致が、白書院御廊下での拝謁を終えた直後、立ち上がる際にあまりに後ろに身を引きすぎて、腰の脇差の鐺《こじり》で背にしていた障子を突き破ってしまったというのだ。

「当たっただけではなく、まことに破いてしまわれるとは……」

「はい……」

儀式中は、襖などに刀の鐺が当たっただけでも、あまり格好のよいものではないというのに、はっきり破いてしまったとは、派手に粗相をしてしまったものである。

だが驚いたことに、赤堀の報告には、まだ先が合った。

「破いたあとに、さらに厄介なことがございましたようで……」

障子を破いてしまったことで、細川は焦り、カーッと身体中の血が頭に上ってしまったか、真夏の頃のようにバッと汗をかき始めたらしい。

その汗が、更なる細川の不運を招いた。次々と流れ出る汗を拭おうとして、細川が手で顔を拭えば拭うほど、吹き出物を隠していた白粉がところどころに剝《は》げてきて、見るも無残な有り様《さま》になってしまったというのだ。

「なれば、化粧をしていたということか?」

目を丸くした十左衛門に、「はい」と赤堀もうなずいてきた。

「剝げた下から出来物も出てきたそうにございまして、大分《だいぶん》ひどい様子でありましたそうで……」

「…………」

あまりのことに、十左衛門は絶句した。

市井《しせい》の役者じゃあるまいし、いくら顔の出来物を隠すためとはいえ、武士が女のように化粧をするなどと、一度も聞いたことがない。

だが実際はそんなことに驚いている場合ではなくて、赤堀の話の続きは、とんでもないところに繋がっていた。

「ですがご筆頭、この細川さまが化粧の事実《こと》、どうやら桐野どのも容認されておりましたようでございまして……」

「なに？　桐野どのが？」

愕然として目を見開いた十左衛門に、赤堀は気鬱《きうつ》な表情でうなずいてきた。

「月次前日の昨日、すでに細川家より『御目付さまに、ご裁断をいただきたく……』と話があったそうにございまして、実際、桐野どのは細川さまの化粧の具合も見分になられていたと……」

この事実を赤堀に伝えてきたのは、表坊主の一人である皆川叡寛であったという。

細川家に頼まれて、昨日今日と自分の詰所部屋を貸し、昨日の化粧の試しの際にも、その一部始終を見て知っていた叡寛は、かねてより懇意にしている細川家の名誉のためにと、「なれど、このこと、桐野さまはご容認でいらっしゃいました」と赤堀に訴えてきたのである。

「今はまだ白書院でご拝謁が続いておりますゆえ、桐野どのはそちらについておりましょうが、後には許可《ゆるし》を出したか否かで、必ずや詮議となりましょうかと」

「うむ……」

おそらく赤堀の言う通りになるだろう。

礼法の指導や監督を担う目付が、その化粧を「よし」として認めたならば、それは当然、桐野の是非が問われることになる。

だが何より今は実際の事態がどのようなものなのか、目付方の筆頭として、把握しておかねばならなかった。

「して、赤堀どの。その細川さまは、今はいずこにおられるか、ご存じか？」

「ご老中・松平右近将監さまより『居残り』をするようお命じを受けられたようで、今は柳之間にて右近将監さまよりのお沙汰をお待ちだそうにござりまする」

「さようか……」

今日のように儀式中に何ぞか問題が起こると、その当人は月次御礼の儀式がすべて終了するまで帰らずに、城中に居残るよう命じられる。そうした場合の居残りの場所は、自分に定められた控えの部屋で、今回の細川利致は柳之間であった。

「されば、これより柳之間に、細川さまをお訪ねしてまいろう」

十左衛門がそう言うと、赤堀もさっそくに呼応した。

「では、私もお供にまいりましょうか？」

「いや……」

赤堀の言葉に、十左衛門は首を横に振った。

「いまだご老中方よりお沙汰も出てはおらぬゆえ、今はまだ目付方《こちら》が派手に動かぬほうがよかろうと思うてな」

「さようでございますね」

物判りよく、すぐに赤堀は引っ込んで、つと考えるような顔つきになった。

「桐野どのに、もし何ぞお咎めのごときお呼び出しがあるとなれば、それは必ず目付部屋のほうに参りましょう。私は、やはり戻っております る」

「うむ。桐野どののご自身も、追って戻ってこられようゆえ、そちらも頼む」

「心得ましてござりまする」

廊下で赤堀と別れて、十左衛門は急ぎ柳之間へと向かうのだった。

四

廊下を曲がり、その柳之間が見えてきた時である。

柳之間に近づこうとした十左衛門を止めて、顔見知りの表坊主の一人が駆け寄ってきた。

「今、なかで大目付の保田《ほた》さまが、細川さまよりご事情をうかがっておいでてございますゆえ、しばしお待ちを……」

十左衛門《こちら》の顔を見て、すぐに「細川さま」と口に出すということは、この表坊主も事情は知っているということなのであろう。やはり坊主たちの間では、細川の化粧のことも、それに許可を出したらしい桐野がことも、随分と噂になっているに違いなかった。

今なかにいるという『大目付方』は、大名身分の武家たちを監察し、統括するのが仕事で、つまりは幕臣に対する目付方のような役割を担っている。

その大目付方がこうして細川のもとに訊問に来ているということは、すなわち幕府としての正式な調査《しらべ》が進んでいるということで、「儀式の礼法管理」を名目にしなければ大名身分の細川には近づくことすらできない目付方《こちら》には、もはや手の出しようがないということを意味していた。

細川家側から話が聞けぬとなれば、あとはもう桐野から事情を聞くだけである。

何事にも公平公正を旨としている目付方であるから、できるなら桐野の話だけではなく、細川家側の主張も聞いておきたいところだったが、はや大目付方が動いているとあれば、目付方《こちら》はおとなしく引っ込むより仕方なかった。

「大目付方よりのお調べが始まっているとあらば、もはや我らの出る幕はなかろう。邪魔をいたした」

表坊主にそう言って、十左衛門がその場を離れようとした時である。

「おう。妹尾どのではござらぬか」

柳之間の襖が開いて、なかから大目付の一人、保田壱岐守《いきのかみ》貴克《たかかつ》が現れた。

「細川さまより、今、ご事情はおうかがいいたした」

「さようでございますか」

当たり障りもなく、十左衛門は返事した。

その事情とやらを今ここで訊ねてみたとて、眼前にいるこの保田壱岐守が教えてくれる訳がない。そう思って十左衛門が心のなかで苦笑いをしていると、案の定、保田は本性を表して、はっきりとした嫌味《いやみ》を、口にも顔にも出してきた。

「いやしかし、こたびばかりは失策でござったな。そも礼法の指南などということは、あのお若い桐野どのでは、何かと荷が重かろうて」

「…………」

今年五十四歳になる保田壱岐守は、今、五人いる大目付のなかでは、一番の古株である。

実は以前、十左衛門ら目付方は、当時、大目付方のなかでも筆頭格であった『美作《みまさか》石見守《いわみのかみ》康行《やすゆき》』という人物を、糾弾《きゆうだん》したことがあった。

美作は、「大目付」という自分の役職を利用して幕府の金子《きんす》を横領していたばかりか、その金を元手に幕臣相手の高利貸しで荒稼ぎまでしていて、十左衛門ら目付方は苦労の末に美作の不正を暴いて、結果、美作は「死罪」という厳罰に処せられたのである。

不正をしていたのはその美作石見守だけであったが、「同輩の悪行を見抜けずにいたのは、やはり失態である」として、保田たち大目付方の面々も、上様よりきつくお叱りを受けたらしい。

そんな経緯があって、当時から大目付方にいた幾人かは、今だに十左衛門や目付方に恨みを持っている節があるのだ。

今ここにいる保田壱岐守などは、そうしたなかでも一番に、あからさまに敵意を見せてくる人物であった。

だが、そうはいっても目付方《こちら》のほうは、向こうに敵意を持つことは許されない。目付は常に、冷静に、公平公正でなくてはならないのだ。

「壱岐守さま」

本音を言えば、やはり悔しさがない訳ではない自分の気持ちをグッと抑えて、十左衛門は目付筆頭として頭を下げた。

「こたびは、まこと、目付筆頭が私の監督不行き届きにござりました。要らぬご面倒をおかけいたしまして、まことにもって申し訳もござりませぬ」

「……ふん。まあ、『己《おのれ》の不首尾』と自覚があればよいわさ」

勝ち誇ったようにそう言うと、保田壱岐守は早くも十左衛門に背を向けた。

「つい先ほどご老中方より桐野どのに、『居残り』の命《めい》が下ったそうにござるぞ。いやしかし、目付が儀式《しき》で居残りになるなどとは、礼法も落ちたものじゃ」

「………」

さすがに本気で悔しくて、十左衛門は唇を噛んだが、もう背を向けて廊下を歩き出した保田壱岐守には見られず済んだはずである。

（とにもかくにも、桐野どのと話をせねばならぬ！）

と、十左衛門は、自分も柳之間を離れて歩き出した。

おそらく桐野が居残りをさせられているのは、儀式の際などに十左衛門ら目付たちの待機場所となっている、『中之間《なかのま》』という大座敷であろう。

三万五千石の外様大名である細川家に、くだんの『柳之間』が控え室として解放されているように、幕府の役方の一つである目付方には『中之間』という控え室が用意されているのである。

その中之間に向かって、十左衛門は冷えきった冬の廊下を急ぐのだった。

五

中之間は、およそ五十畳ほどもある大座敷である。

ただしこの中之間は、大名たちが使用する大広間だの、白書院だの、柳之間だのとは違い、客間としての華やかな要素はほぼなかった。

たとえば柳之間なら、なかの襖には全面に美しい柳の絵が描かれているが、目付の使う中之間の襖《ふすま》は、いかにも武家屋敷の日常使いという風な、地味で面白味のない代《しろ》物《もの》なのである。

だがそうして客間の仕様ではない代わりに、中之間には五十畳もの広さのド真ん中に、大きな囲炉裏《いろり》が切られていた。

それというのも中之間は、老中が目付をはじめとした重要な任務の役人と対談する際にも使用する部屋であり、対談の内容が極秘のものである場合には、囲炉裏の灰の表面を均《なら》して、それを紙面の代わりに字を書いて伝え合ったりするのだ。

こうした寒い時季には、いつ老中が中之間を使ってもいいように、囲炉裏には常に火種が整えられているため、冷えた廊下から十左衛門が一足なかに入ると、暖かいとまではいかないまでも、はっきりと寒さが緩《ゆる》むのが感じられた。

そんな中之間の片隅に、ぽつねんと桐野仁之丞は座していた。

幸いにして、今この部屋には、十左衛門と桐野のほかには誰もいない。

「ご筆頭……」

桐野は十左衛門が入ってくるのに気がつくと、バッと平伏した。

「かように多大なるご迷惑をおかけいたしまして、まことにもって申し訳もございませぬ。今はまだ急なことで、書状も書き整えてはおりませぬが、今日明日のうちにも早急に『進退うかがい』の届けを出させていただく所存にござりまする」

「桐野どの……」

平伏したままの桐野の前に静かに座すと、十左衛門はやおら厳しい顔を作って、説教をし始めた。

「進退うかがいを云々《うんぬん》などと申されるより先に、まずは一体、何がどうあったものか、そちらを篤《とく》とうかがいたい。頭を上げられよ」

「はい」

平伏をやめて顔を上げると、桐野は一件《こと》の経緯を話し始めた。

まずは月次御礼前日の昨日、坊主部屋で待っていた細川利致と会い、面部の出来物の具合を見た上で、正直「困った」と思ったことも、十左衛門に素直に話した。

「出来物は、頬《ほお》にも顎《あご》にも額《ひたい》にも広がっておりまして、これは到底、膏薬で隠せるものでないことは、誰の目にも明らかでございました。けだし出来物はかなりの数が、膿を持ったり、赤くなったりしておりましたもので、膏薬も貼らずむき出しのままというのも、ご拝謁に際しましては、やはり『お見苦しい』のではないかと判断をいたしまして……」

礼法を預かる目付として、一体どうすればよいものかと困り始めていた時に、細川家の用人である芳村が、「これではいかがでございましょうか？」と、白粉の薄化粧で出来物を隠す方法を見せてきたと、桐野はすべてをていねいに語っていった。

「したが桐野どの。武士がご拝謁を賜《たまわ》るに際し、女人のごとく化粧をするのはいかがなものかと、さようにお思いにはならなんだか？」

十左衛門が斬り込むと、だが桐野は真っ直ぐに顔を上げて、「いえ……」と首を横に振ってきた。

「幸いにして、細川さまは肌の色もお白く、お若いがゆえに、白粉を伸ばしましても、塗ったようには見えないほどにございました。ああして粗相で冷や汗さえかかねば、おそらくは塗ったと気づかれぬまま、相済みましたことでございましょう」

「いや、桐野どの。それは違う」

十左衛門は一膝《ひとひざ》乗り出して、意見した。

「周囲《まわり》が気づくか気づかぬかの話ではない。『いざ戦《いくさ》』という際には、剣を抜き、槍で突いて戦う武士が、女人よろしく化粧をするということに、『是』『非』を問わねばならぬのだ。そなたはどうだ？　是か、非か？」

「それなれば、私は『是』と存じまする」

きっぱりとそう言うと、桐野はまだ先を続けた。

「そも我ら目付の預かります礼法とは、上様に対し、周囲に対し、何をもって見苦しくはないか、失礼にあたらぬかを、折につけ、模索するものだと心得ておりまする。その礼法をもってすれば、こたびの細川さまが一件も、ただひたすらに上様に対し奉《たてまつ》り、『お目障りにならぬよう……』と思案に思案を重ねて、ようやくに白粉に行き着き、なさいましただけのこと。何らも礼に失するところはないと思うておりまする」

「……相判《あいわか》った」

十左衛門はそう言うと、やおら立ち上がって、どうした訳か桐野の横に並んで座り直した。

「え？　あの、ご筆頭……？」

向かい合って話をしていた十左衛門に、いきなり横に並ばれて、桐野は面喰っているようである。

するとそんな桐野に、今日初めてやわらかい笑顔を見せて、十左衛門はこう言った。

「真の礼法とは、まこと貴殿の申される通り、その時々精一杯に『相手に礼を尽くそう』と努《つと》めるところにあろうと思う。化粧で隠すことこそが『唯一の方法』と思うてしたなら、いたし方あるまいて」

そうして十左衛門は目付方の筆頭として、こたびの仕儀の責任を桐野とともに背負うべく、上《うえ》つ方《かた》よりのお沙汰を待って、桐野と並び柳之間に居残るのだった。

六

それから小半刻と経たない『上《かみ》御用部屋』でのことである。

上御用部屋というのは、今、四人いる老中方の面々が執務部屋としている奥座敷なのだが、その老中方の雑用をこなす御用部屋付き坊主の一人が、柳之間に十左衛門が居残っていることを報せて駆け込んできた。

「なにっ？　なれば桐野だけではなく、十左も残っておると申すか？」

「はい……」

坊主から報告を受けたのは、今月が月番の老中・松平右京大夫輝高《うきょうだいぶてるたか》である。

一件の詳細については、ついさっき大目付の保田壱岐守から報告を受けたばかりで、老中方《こちら》の沙汰を待って城中に居残っている細川と桐野の二人を、どのように処理するべきか、頭を悩ませていた最中であったのだ。

「して、十左衛門は、何と申しておるのだ？」

「はい。何でも『目付筆頭として、ご自身にも責があるから』と、さようにおっしゃっておいでのようで」

「あの馬鹿者がっ！」

不機嫌に眉を寄せると、右京大夫はイライラとして胡坐《あぐら》の脚を揺すりながら、何やら夢中で考え始めたようだった。

右京大夫が短気で怒りっぽいということは、御用部屋では誰もが知っていることである。今にも八つ当たりでもされそうな様子に、身の危険を感じて、

「なれば、失礼いたします」

と、坊主が右京大夫の前から退いていこうとした時だった。

「ちと待て。『牧原《まきはら》』を呼んでまいれ」

「はい。では、ただ今……」

右京大夫が「牧原」と呼んだのは、二人しかいない『奥右筆組頭《おくゆうひつくみがしら》』の一人、牧原佐久三郎《さくさぶろう》という男であった。

奥右筆方の執務室は、御用部屋から廊下一つ隔てただけの近くにあり、今のように老中や若年寄から呼び出しを受けては、あれやこれやと御用をうけたまわるのが日常である。

もとより御用部屋に上がってくる上申書の全ては、先に牧原ら組頭の二人が目を通して、必要があれば、老中ら忙しいお歴々が読みやすくなるよう、平《ひら》の奥右筆たちに命じて内容の要点をまとめさせるし、上申の決裁をするために何ぞ見比べられる先例があったほうがよさそうだと思えば、これまた配下の奥右筆たちに命じて、ちょうどよい先例を探させたりもする。

おまけに牧原佐久三郎は、万事に機転の利《き》く「切れ者」で、老中も若年寄も自分が難しい案件にぶつかると、たいていこの牧原を呼んで頼りにするのである。

今、右京大夫が牧原を呼んだのは、こたび細川利致が起こした粗相に対し、幕府としては、どの程度に問題視し、どの程度の罰を受けさせるべきなのか、何ぞ参考となる先例はないものか探してもらうためであった。

だが牧原は、どこまでも気の利く男である。

月番老中の右京大夫に呼び出されるであろうことなど、とっくにに読んでいたようだった。

「実は先ほど細川さまのご一件を、ちと耳にいたしましたもので、何ぞご参考になればと、下の者らに先例を探させておりまする」

「おう、さようか！　さすがに、おぬしは手廻しがよいのう」

「勿体《もったい》ないお言葉、まことにもって痛み入りましてござりまする」

右京大夫の前、牧原は改めて平伏したが、つと顔を上げて、小声になった。

「して、右京大夫さまにおかれましては、いかがな風にお考えで……?」

実際にどのように沙汰するべきと右京大夫が考えているのか、それによっては先例の探しようが違ってくる。

もし「厳罰に処すべきだ」と考えているのに、軽く処されている先例が見つかったならば、軽くてもよいと納得してもらうため、一例だけではなく幾つも同じ先例を見つけなければならない。

だがもしも右京大夫が「軽くてよい」と考えているなら、その逆で、軽く処された先例は、せいぜい二つも見つければ、それで済むのだ。

老中や若年寄の「懐刀《ふところがたな》」として、日々とんでもなく忙しい奥右筆方であるから、そうして要らぬものには時間や労力を裂かないということが、存外、大切なのである。

「ふん」

と、眉を上げて鼻息を一つしたのは、右京大夫である。

「まったく……。おぬしはそうして気が利きすぎて、怖いところがあるぞ。まこと、あの十左によう似ておるわ」

「……ご意向のほど、心得ましてござりまする」

悪戯《いたずら》っぽい笑顔でそう言うと、牧原はすでに命令を受けた時のように、改めて頭を下げた。

右京大夫が「あの十左によう似ておるわ」と、わざわざ口に出したのだから、やはりできれば目付方への懲罰は軽く済ませたいということなのであろう。

そう踏んで、牧原佐久三郎は断言した。

「なれば、軽く処されております先例《もの》をば、幾つか見つけてまいりまする」

「ふん」

右京大夫はまた大きく鼻を鳴らしたが、顔つきを見れば、機嫌はいいようである。

「ほれ。なれば、疾《と》く探してまいれ」

「ははっ」

軽やかに牧原は、幕府のさまざまな先例が書付《かきつけ》となって保存されている奥右筆部屋に、戻っていくのだった。

七

だがそんな右京大夫と牧原の思惑は、そう簡単には通らないようだった。

たしかに儀式の最中に、大名や旗本がさまざま粗相をしてしまった先例は残っていて、それほど数が多い訳ではないが、種類はさまざまなものがある。

たとえば以前、長く病で儀式に出られずにいた大名が、何とか無事に快癒して、幕府にその報告に来た際、献上品の受け渡しで、ちと間抜けな粗相をしたという。

本来であれば、献上品は自分の脇に寄せておき、自分の前には何も置かない状態で、上様へのご挨拶をしなければならないのだが、その大名は間違えて献上品である干鯛《ほしだい》を入れた箱を自分の前に置き、その箱の鯛に向かって、挨拶の言上《ごんじょう》を申し上げてしまったのである。

六年前のその粗相は、その場で無事に許されたらしい。

また別に一つ、やはりこれも大名の一人であるが、拝謁で平伏する際に、頭に着けた烏帽子《えぼし》がポロリと落っこちてしまい、老中方よりの沙汰が出るまで、城中に居残りになったようだが、これも注意を受けたのみで、許されたということだった。

だが十数年前のとある一件では、そうは簡単に許されなかった。

ある大名が月次御礼での拝謁で深々と平伏した際、腰に差してあった脇差の鯉口《こいぐち》がどうやら緩んでいたものか、脇差が鞘から滑り出して、なんと一尺（約三十センチ）ほども鞘走《さやばし》ってしまったというのである。

「この先例なれば、おそらく大問題になったであろう」

と、牧原は踏んで、当時どのような会議が御用部屋で行われたものか、当時から現役を続けている老中や若年寄に話を聞いて調べたそうだが、やはり烏帽子とは違い、刃物でのことだったから、「上様の御前で、抜き身を出すとは何事だ！」と、処分を決める御用部屋の会議でも、随分と紛糾したらしい。

その大名はしばらく他家へと「お預け」の身となって、おそらくは当人の大名も家中の者たちも生きた心地はしなかったのであろうが、当時、老中方はそうして存分に反省を促した後で、厳重に叱った上「構いなし」との沙汰を与えたということだった。

その他にも儀式の際に、自分の座す位置として決められている畳を間違えて、隣の畳に座ってしまったり、拝謁の際、上様より一言だけお言葉を頂戴する予定であるのに、緊張のあまり、お言葉をいただくより先に退出してしまったりと、実にさまざま粗相の先例は見つかっていった。

そうして四十年近くも前の、先例の一つである。

月次御礼の儀式ではなかったようだが、とある二人の大名が上様への拝謁を得て、退散しようとした瞬間、「障子に脇差の鐺が当たって、居残りになった」という記録が発見されたのである。

この先例を手に牧原は、とりあえず右京大夫に見せに走った。

正直なところを言えば、「先例などは、もっと簡単に幾らでも見つかるだろう」と甘く考えていたのである。

たしかに儀式中の粗相の先例は幾らもあったが、存外、障子を破ったという先例は見つからず、四十年も前まで辿って、ようやく一つ見つけたのだ。

この先例探しに、実はもう三日ほどが経っていて、その間、当人の細川利致は熊本新田藩にとっては本家に当たる熊本藩にお預けの身となっており、桐野と十左衛門については、城への出入りを差し止めの上、自分の屋敷に謹慎となっていた。

「おう、あったか！　して、どんな具合だ？」

報告に来た牧原を目にして、右京大夫は期待を寄せたが、

「申し訳ございません。それが……」

と、牧原は小さくなって頭を下げた。

「鐺が当たりましたのは確かなようでございますのですが、それで障子を破いたのか否かまでは、はっきり書かれておりませんで……」

「ちっ。大事なところを、なぜ書かぬのだ。この馬鹿者めが……」

四十年も前の役人に向かって、右京大夫は叱りつけたが、さりとてどうにもしようがない。

「して、化粧のほうに、何ぞ先例はあったか？」

右京大夫に訊かれて、牧原は首を横に振った。

「さすがにもって化粧の記述はござりませぬ。ですが一つ、これは出来物に膏薬を貼った先例なのでございますが……」

ある旗本が、出来物に大きく膏薬を貼って隠していたところ、拝謁の最中に膏薬がペロリと剝がれて、出来物が丸見えになってしまった上に、剝がれて落ちた膏薬が、ベッタリと畳にくっついてしまい、慌てて剝がしてはみたものの、畳に汚く膏薬がついてしまったというのだ。

「おう、おう！　それなれば、どうにか使えるのではないか？」

浮き足立った右京大夫を前にしても、牧原は安易に話に乗ってはこなかった。

「ただどうにも、難しいところではございまして……」

そうして浮かない顔をしておいて、だが牧原は、一つ違う方向から、老中を補佐する術《すべ》を考えてきたのである。

「差し出がましいことではございますのですが、実は昨晩、妹尾さまのお屋敷を訪ねてまいりまして、お話をうかがってまいりました」

牧原が「訊きたい」と考えたのは、こたび桐野が礼法の監督者として下した判断についてである。

桐野がしたことに対して、目付筆頭として十左衛門自身はどのように考えているのか、「是」としているのか「非」としているのか、その忌憚《きたん》なき意見を聞いてみたいと考えたのだ。

「して、どうであった？」

身を乗り出してきた右京大夫に、牧原はうなずいて見せた。

「やはり私の想像しておりました通り、妹尾さまはこたびの仕儀について、『何ら、非とするところはない』と、きっぱりおっしゃっておられました。『真の礼法とは、その時々精一杯に礼を尽くそうと努《つと》めることであり、こたびの細川さまの一件においては、化粧で隠すことこそが唯一の方法であったゆえ、いたし方あるまいと思う』と、さようにおっしゃっておいでてでございました」

「……ふん」

一瞬、ニヤリとしたくせに、それをまるで隠そうとするように、右京大夫は口の端《は》をへの字に曲げた。

「どこまでも生意気《なまいき》な奴め……」

わざと不機嫌そうにそう言うと、次には目の前の牧原に、愉《たの》しげに嫌味を言った。

「おまえもいずれ、ああならぬように気をつけろよ。けだし、牧原、ようやってくれた。今晩にでも右近将監さまがお屋敷をお訪ねし、先例の話とともに、今の小憎らしいあやつめの話もご報告いたしてまいる」

「ははっ」

これまでの苦労のこともあり、牧原の顔にもさすがに嬉しそうな色が浮かんで見えるのだった。

八

「なれば、右京どの。こたびの化粧の一件は、礼法には引っかかりはなしとして、処置を決めてもよかろうと申されるのだな？」

淡々とした顔で、そう聞き返してきたのは、松平右近将監武元である。

今、右京大夫は予告の通り、老中首座の右近将監の屋敷を訪れていて、牧原が拾い上げてきた先例なども、すべて話して聞かせたところである。

その上で、「牧原によれば、妹尾はこのように申しておりました」と、十左衛門の考える「真の礼法」についても、右近将監に報告をしたのである。

「しかして、こたび、鐺で障子を破りましたことで、細川はああして焦って汗を出し、かように見苦しい事態と相成りましたが、そも化粧をいたしておりましたことについては、細川なりに、精一杯の礼儀でございましたようで……」

「うむ……」

だが首座の右近将監は、そう言ったきり黙り込んでしまい、右京大夫の意見に賛同してくれているのか、逆に「違う」と思っているのか、そっと顔色をうかがって見ても、いっこうに判らない。

次席老中である右京大夫は、根が明るくて情にも篤《あつ》い男なのだが、日頃は少々傍《ぼう》若無人《じゃくぶじん》なところがあり、大きな声で坊主や奥右筆などを怒鳴りもするし、何かと短気ですぐにむかっ腹も立てる。

しかし、こと首座の松平右近将監に対しては、年齢も十近くも上であるせいか、しごく従順なのである。

もう二十年も現役で老中を続けている右近将監は、元来、器が大きくて、あまり怒らず、さりとて老中首座としての威厳もあり、何といっても八代将軍である吉宗公に「切れ者」として認められていた人物である。

その右近将監に、こうして内々に自分の意見を述べに来るというのは、右京大夫にとっては結構な勇気の要ることで、今も右近将監が何をどう考えているものかと、内心ではひやひやしているのであった。

「…………」

「…………」

沈黙に耐えかねて、右京大夫が「いかがにございましょうか？」と、口に出そうとした、その時であった。

「して、右京どの。『障子に鎗が当たった』という先例では、十日ほどの謹慎の後、『構いなし』になっておるのだな？」

「はい。顔の膏薬が落ちまして御畳を汚しました先例がほうも、十日ほどの謹慎で、相済んでおりまする」

「ふむ」

右近将監は、またもしばらく考えるように黙り込んだその後で、飄々《ひょうひょう》として、こう言い始めた。

「なれば、どうだ？　障子の穴と、化粧の顔の見苦しさとで、都合二十日の謹慎ということになろうが、『化粧で城中に来た』として、良いだの悪いだのと騒ぐ輩《やから》も多かろうゆえ、だいぶん足して『五十日の遠慮』というところでいかがでござろう？」

「え……」

と、右京大夫は、鳩が豆鉄砲を喰らったような顔つきになった。これまでさんざん難しい顔をして、さしたる返事もしてくれなかった右近将監が、急に結論をつけてきたからである。

「ん？　どうしたな？　それでは軽いか？」

「あ、いえ！　私も、それでよろしかろうと存じまする」

「さようか。して、十左衛門のほうは、いかがする？」

「はい……」

減罰を願ってやるなら、今である。

グッと小さく息を飲むと、右京大夫は腹を据えてこう言った。

「目付が礼法を預かりますことは、古《いにしえ》よりの決まり事でござりまする。その目付らが信念を持ちまして、『こたびが細川の化粧のことは、礼を失するにはあたらず』と裁断いたしましたことゆえ、私もそれを『是』としてやりとう存じまする。さようにございますゆえ、十左衛門はむろん桐野がことも、やはり『構いなし』といたしまして……」

「ああ、よいよい。つまりは『許す』が、それでよろしかろう？」

「ははっ」

有難く平伏してきた右京大夫に、右近将監は笑い出した。

「ここだけの話だが、どうも我らは、あの十左衛門には甘いの……」

「はい……」

そう言ってため息をついてから、右京大夫も笑い出すのだった。

九

熊本新田藩主・細川利致に、正式にお沙汰が下りたのは、それから五日してのことである。

老中方より側用人の田沼主殿頭を通して、上様におうかがいを立てていたからで、

その答えがまた田沼主殿頭を通して老中方のもとに戻り、やはり老中方の進言の通り、

「五十日の遠慮」

で、相済むこととなった。

十左衛門と桐野が江戸城への出仕を許されて、仕事に復帰できたのも、その五日後のことである。

思わず長く登城もできずにいた二人であったが、やはり嬉しく懐かしく久方ぶりの目付部屋に入ると、まだ朝も早くのことで、部屋のなかには当番と宿直番《とのい》の二人ずつしか出勤していなかった。

「ご筆頭！　桐野どの！　まことにようございました」

晴れ晴れと、掛け値なしに喜んで、まず一声をくれたのは、ずっと二人を心配していた赤堀小太郎である。

すると赤堀とともに宿直番明けで目付部屋に来ていた西根五十五郎《にしねいそごろう》が、いかにも彼らしく嫌味な風にニヤリと笑った。

「おう、桐野どの。貴殿、だいぶ大きく出られたそうではござらぬか」

「………」

西根の嫌味も久しぶりのことで、桐野はどう切り返せばよいものか、ちょっと戸惑

っているらしい。

すると、今日は稲葉徹太郎《いなばてつたろう》と二人、「当番だ」という佐竹甚右衛門《さたけじんえもん》が、桐野を庇って横手から言ってくれた。

「いや、感服いたしましたぞ。『礼法を預かる』という意味《こと》、こたびがようにじっくりと考えたことなど、拙者は一度もござらんかった。いや実際、目が覚めたような心持ちでござった」

「とんでもござりませぬ。皆さまには、まことにご迷惑をおかけして……」

桐野がそう言って、盛んに恐縮しているその横で、

「ご筆頭」

と、そっと十左衛門に声をかけてきた者があった。

それまでは、ただにこにことして皆の話を聞いていた、稲葉である。

「右京大夫さまがお話、もうお耳に入っておられますでしょうか？」

「ああ。それなれば、斗三郎《とさぶろう》から聞いてはいるが……」

と、十左衛門も、稲葉のほうに近づいて、二人は少しく内緒話の体《てい》になった。

「いや、正直、驚いたぞ。何ゆえにあの右京大夫さまが、さように動いてくださったものやら……」

「以前、右京大夫さまが高崎藩内《たかさき》のことでお困りでございました際に、ご筆頭がお力をお貸しになられたせいではございませんでしょうか？」

「……いや……」

十左衛門は一瞬、首を横に振りかけたが、つと止めて、口に手を当て考える風になった。

実は以前、右京大夫の自藩である上野《こうずけ》の高崎藩で、藩主である右京大夫の命までが狙われるという、とんでもない内紛が起こったことがあるのだ。

老中職に就いている右京大夫が、国許に帰れず江戸に居っきりでいることで、物価の高い江戸での生活費が大きく嵩《かさ》むようになっていて、それが高崎藩の国許の藩士や領民たちをひどく苦しめていたようだった。

だがそんな国許の状態に、右京大夫は気づけなかったのである。自藩の存亡の危機にも気づけぬほどに、「老中職」という仕事は、激務であった。

そんななか「藩主を挿《す》げ替えて、高崎藩を刷新しよう」とする急進派と、「あくまでも右京大夫さまをお守りしよう」とする家老とがぶつかり合うことになり、その内紛の静定《せいてい》に、十左衛門が力を貸したという経緯があったのである。

だがそれは決して目付としてではなく、あくまでも右京大夫当人から個人的に頼まれてのことであったのだ。

「どうであろう、稲葉どの。やはり、そこであろうか……？」

「さようでございましょう。あのお方は、ああ見えて、存外あれこれ気になさる性質《たち》でございますゆえ、『ご筆頭にも借りができた』とお思いになっておられたのではないかと……」

「……さようであろうな」

ふぅとため息をつくと、十左衛門はいよいよ声を落とした。

「さりとて、こちらは『目付』ゆえ、特別に力になってもらいましたなどと礼を言いにいく訳にもいかぬからな」

「さようにございますね……」

稲葉も釣られて、難しい顔になった。

公平公正を旨とする目付であるから、礼を言えないのは必定で、だがそうして礼も言いに行かぬまま放っておけば、右京大夫は「恩知らずめ！」と、臍《へそ》を曲げるに決まっている。

「これはしばらく、大威張りをされような……」

「はあ……」

十左衛門は稲葉と二人、ため息をついたが、それでも目に浮かんでいる右京大夫の顔は、好ましく有難いものだった。

第三話　賄《まかな》い飯

一

師走《しわす》の朝のことである。

その日、前夜からの宿直《とのい》の番は小原孫九郎と西根五十五郎で、二人は宿直明けの朝風呂を済ませて、今、朝食の賄《まかな》いを食べに『表台所《おもてだいどころ》』と呼ばれる、城勤めの役人用の食堂のような場所に来たところであった。

幕府では登城してきた大名や城勤めの幕臣たちに、折々、食事を提供している。

その「賄い飯」をこしらえている場所が『表台所』で、老中や若年寄といった幕府最高官は別にして、それより下の城勤めの役人たちは、表台所の一画にある幾つかの座敷で、台所方の下役たちが運んでくる賄い飯を食べることになっていた。

とはいえ、この賄い飯にははっきりとした等級がある。役職の格によって、出される料理にも食べる座敷にも格差があった。

たとえば寺社・町・勘定の三奉行といった幕閣の首脳部に出される賄い飯などは、俗に「二之間《にのま》のお料理」と呼ばれる、ごく質の良いものである。

表台所の『二之間』は、実際に調理をする厨房からは少し離れた静かな場所にある大座敷で、厨房の慌《あわただ》しさからも、煙や臭いからも隔絶されているため、三奉行のような高官は、この二之間でまずまずの料理が盛られた膳を召し上がるのである。

対して小原と西根がいるのは『三之間《さん》』という小座敷で、これは名からも判るよう、二之間よりも一段格下の役職の者が賄いを食する場所だった。

部屋の格が一段下がるということは、賄い飯の質のほうも一段下がるということで、今、目付二人の前に運ばれてきた賄いの朝食も、白飯と味噌汁に、油揚げと野菜を煮た惣菜が一品と香の物という、いつも通りの質素な一揃えであった。

その朝餉の膳に手をつけ始めた小原が、「ん?」と、何やら顔をしかめた。

「何だな、これは……。米の飯ではないのか?」

小原が手に持って眺めているのは、一口食べた後の飯碗のなかの飯である。

すると答えて、淡々と西根が言った。

「歴《れき》とした米の飯にてございますが、それが何か？」

「いや、西根どの。米のほかにも何ぞか入っておろう。粟《あわ》とか稗《ひえ》とか……」

「…………」

あからさまに呆れた顔をして、西根はため息をついて見せた。

「『粟』だ『稗』だは、粒が小そうござりまする。これなるは正真正銘、米のみの飯にて、こやつのどこが『米ではない』とおっしゃいますので？」

西根の言いようは辛辣《しんらつ》な風だが、実はこれでも相手が年上の小原であるから、嫌味や皮肉を我慢しているのである。

だが一方、小原のほうも、そんな西根の皮肉などいっこう気づいてないようで、まだしげしげと賄いの飯を眺め続けていた。

「いやしかし、何やら妙な臭いもいたすし、第一が、ほれ、飯に色がついておるではないか。やはり何ぞか、炊く際にでも混ぜ込んで……」

「小原さま」

西根はぴしゃりと小原を止めると、まるで子供を相手のように教えて言った。

「飯が黒うございますのは、おそらくは一昨年か、その前あたりの古米でございますからで、何も今日に始まったことではござりませぬ」

「お、一昨年の米、となと……」

驚いて目をむき出しにしている小原を、西根は冷ややかに、こう斬って捨てた。

「一昨年なれば、良いほうでございましょう。おそらく『四之間《よん》の飯』などは、五年は前の古米を使ってございましょうゆえ」

この『四之間』で賄いを食すのは、御家人身分の役人たちである。

多くは役高も百俵に満たない下役の者たちで、「下役」といえばどこの役方にも大勢いるから、この四之間で出す賄い食は、毎日とてつもない数になる。

必定《ひつじょう》、四之間用として使用する米も、値の安い古古米ばかりになるという訳だった。

「…………」

五年前の古米と聞いて小原は愕然としているようであったが、西根がこうして嫌味まじりに教え立てしていることは、事実であった。

そも幕府は、いつ起こるか判らない災害や戦《いくさ》に備えて、常に大量の米を備蓄している。その備蓄米を毎年きれいに新しいものと交換できれば、「五年もの」などという風にひどい古米にならずには済むのだが、全国の天領から集まってくる年貢米は、その年の天候によって結構な量が上下するから、そうはきれいに備蓄米を交換しておける訳ではない。

その上に、年貢米を預かる役人の不手際や怠慢などが重なって、普通ならさすがに残らないであろうと思われるほどの五年もの、六年ものといった古古米が大量に余ってしまうのだ。

そうした古古米の一部が表台所にもまわってくるため、今、小原がしげしげと眺めているような不味《まず》くて色も浅黒い「賄い飯」になるという訳だった。

「四之間の者は、五年落ちを食しておるのか……」

しみじみと、小原はつぶやいた。

自分が手にしているこの飯が一昨年あたりというのだから、「五年もののひどさたるや、いかばかりであろう」と、想像するに忍びないものがある。

こうした賄い飯の事実を、なぜ西根は知っていて、小原は知らずにいたのかといえば、それは小原が、日頃は握り飯の弁当を持参しているからだった。

そも幕府が城勤めの者たちに賄いの食事を出すようになったのは、八代将軍・吉宗公の頃からだそうである。

それ以前、城勤めの幕臣たちは各自弁当を持参していたそうなのだが、「自由に何でも持ってきていい」となると、酒まで城内に持ち込んで羽目を外す者や、上役に豪華な弁当を差し上げて、その饗応で自分の評価を上げようと画策する者などが現れて、仕事場の風紀や士気が著しく下がり、そうした悪弊《あくへい》を断つために、表台所で賄い食を作るようになったのだという。

そんな経緯があっての賄い食の支給であるから、西根ばかりではなく十左衛門以下ほかの目付たちも、皆どんなに賄い食が不味くても、文句も言わずに黙って出されるものを食している。

だが小原は一人、皆とは違って、「自分はすでに禄をいただいているのだから、自分の喰う食事などは、その禄の内から出すべきだ」という考えがある。

もとより今は吉宗公の御世《みよ》とは違い、「どうあっても賄いを食べねばならぬ」という訳でもないから、自分の食べる分だけを質素に持ってくるぶんには、小原のように弁当を持参でも構わないのである。

現に小原の弁当は、大きな握り飯を三つと香の物だけという武士らしい質素な代物《しろもの》であったが、とはいえ家禄も二千石で、自分の領内から美味《うま》い新米が届いている小原の握り飯は、しごく上物には違いなかった。

そんな「美味い飯」ばかりを日々食している小原が、今朝は握り飯の用意が間に合わず、三之間の賄い飯を食べたものだから、そのあまりの不味さに驚いたのである。

とはいえ小原も、さすがに今回が初めて賄い飯を食したという訳ではなかった。以前にもほんの数回ではあるのだが、握り飯の用意がなくて、皆と同様に賄い食を出してもらったことはあるのだ。

「しかして先《せん》に食した際には、かように不味くはなかったような……」

独り言のように言った小原の言葉に、またも西根は噛みついた。

「それはまあ、ご運でも良く、新米の時分だったのでございましょう。新米の混ざる時期だけは、賄い飯も多少はましになりますゆえ」

世間知らずの大身《たいしん》の殿さまはこれだからと、西根は心底、呆れていたが、それでも自分で自分の言葉に、「ん？」と気づいたことがあった。

「いやしかし、今年ももう新米は出ておりましょうに、何ゆえかように古米の風情《ふぜい》が消えぬのでございましょうな？」

新米が少々混ぜられたところで三之間の賄い飯が格段に美味《うま》くなる訳ではないから、今まで気づかずにいたのだが、たしかに今年、すでに新米は出ているというのに、いまだこれほど古米の不味さが引き立っているというのは、いささか妙である。

「すでに師走なれば、今年どんなに新米の出来が遅れようとも、さすがに城にも届いておりましょうに……」

「さようでござろう？」

まるで自分は初めから、そこに気づいて騒いでいたのだとでも言うように、小原は得意げになっている。

一方で西根のほうは、早くも先のことを考え始めているようだった。

「私、ちと台所の者らに話を聞いてまいりますゆえ」

西根は立ち上がると、表台所の奥まった部分《ところ》にある厨房のほうへと歩き始めた。

新米がいまだに城に運ばれていないのか、それとも台所方の役人が面倒がっているかして古米のままで賄い飯を炊き続けているものか、どちらにせよ、おそらくどこぞの役方がさぼっているに違いないと、西根は目付らしく、そう鼻を利かせたのである。

「ちと待ってくれ。儂《わし》も参ろう」

そうはいっても、御上より下された賄い食を、たとえ一口でも食べ残す訳にはいかない。浅黒くて不味い飯を小原は慌てて掻き込むと、早くも台所の奥へと消えてしまった西根を追いかけるのだった。

二

「なに？　なれば『あれ』にて、すでに新米が混ぜてあると申すか？」

そう言って目を真ん丸に見開いたのは、小原のほうである。

一足先に厨房へとやってきて、聞き込みを始めていたのは西根であったが、追いついてきたかと思ったら、小原はすぐにあれやこれやと横から口を出してきて、結局は西根を押し退けて、こうして自分が出張っている。

だが小原の聞き込みは、どうしても自分の興味が向くほうにばかり流れてしまう癖があり、肝心なことを聞き逃すことも多々あって、その不足を補う形で、さっきから折々小原の話の間隙をついて、西根が聞き込みをかけていた。

今、小原や西根が話している相手は、『表台所組頭《くみがしら》』の種田彦右衛門《たねだひこえもん》という五十がらみの男である。

『表台所方』は、役高・二百俵の『表台所頭《がしら》』三名を頂点に、役高・百俵四人扶持の『表台所組頭』四名、その下に役高・四十俵の『表台所人』が六十八名もいる。

実際に調理をするのは主には表台所人たちで、その台所人らを指揮して、四人の組頭も交替で台所に立ち、日々の賄い食を作っている。

今朝の担当は表台所人十一名で、種田彦右衛門が組頭として、その十一名の指揮を執《と》っているそうだった。

今も台所人たちは引き続き、忙しく立ち働いていて、小原や西根に対応しているのは組頭の種田だけである。その種田は、急に目付たちの詮議を受ける形になって緊張しているのか、少しく顔を青白くしているようだった。

「して種田、その新米はどこにあるのだ？」

「た、ただいまご案内のほどを……」

どうということのない西根の問いにも、種田は慌てて案内に立ってくる。どうやら種田は小心な性質《たち》らしく、そうした者にとっては、やはり目付はよほど怖ろしい人物なようだった。

「こちらにてござりまする」

種田が案内してきたのは、厨房に隣接した長細い廊下のような一部屋である。その廊下の一辺に、見たところ十俵ほどはありそうな数の米俵が、ところどころ間を空けて並べられていた。

「この三俵が新米でございまして、あちらにある八俵ほどが順番に古くなってございますので……」

「ほう。なるほどの」

感心して眺めているのは、小原孫九郎である。

小原が「なるほど」と言う通り、並んだ米俵は古いものであればあるほど、俵の藁《わら》が経年劣化で変色を起こしており、対して「新米」と言われた三俵のほうは俵の藁が新しい。

「古米の状態によりまして、その都度に新米を足します量はまちまちでございますが、今朝もたしかに加えては炊きましたので……」

「さようか」

あれで新米が足されているというのなら、足される前は一体どれだけ不味かったのであろうかと、小原は眉をひそめたが、その横で西根のほうは何やら別のことを考え始めていたようだった。

米俵の前で話している小原や種田に背を向けると、西根は廊下の奥まったところに五つ並べて置いてある木製の大きな米櫃《こめびつ》らしきものに近づいていった。

「……え？　あの、西根さま？」

何を勝手にいじられるものかと、種田は慌てて駆け寄ってきたが、そんな種田を尻目に、早くも西根は五つ並んでいる米櫃を片っ端から開けて、なかを覗いている。

その西根が米櫃に手を突っ込んで、一つまみ取り出しては、他の米櫃の米と見比べ始めたのを見て、おとなしい種田も黙っていられなくなったようだった。

「あの、西根さま、何か？」

「おい、どれが新米だ？」

種田の問いには答えずに、西根は逆にそう訊いたものである。

「…………」

一瞬、目を見開いて何も答えなかった種田に、西根はまたも重ねて訊いた。

「どれが新米かと訊ねておるのだ。疾《と》く申してみよ」

「…………」

種田彦右衛門はまた一瞬黙り込んで、五つ並んだ米櫃に目を泳がせるようにしていたが、ほどなく手前から二つ目に並んだ米櫃を指差してきた。

「こちらのものが新米でございまして……」

「ん？　この一等、端《はし》の米櫃《もの》ではなく、二番目が新米か？」

西根が繰り返して訊ねると、

「はい……」

と、種田は答えてきた。

だがその声は、ひどく小さなものである。おまけに何やら西根から視線をそらすような素振りも見せていて、そんな種田の様子に、西根はまるで獲物を見つけた獣のように、かすかに口の端《は》を押し上げてニヤリとしたようだった。

西根はやおら勝手に一番目と二番目の米櫃を置き替えると、種田に向けて親切めかして、こう言った。

「なれば、こうして米櫃は入れ替えておくがよい。あちらの米俵と同様、古き米《もの》より順に並んでいたほうが、間違いはなかろうゆえな」

「は、はい……。お有難う存じまする」

すでに種田は、今にも消え入りそうである。

そんな二人のやり取りにきょとんとしている小原に目で合図すると、西根はいささかわざとらしくこう言った。

「なれば小原さま、もう目付部屋《へや》へと戻りましょう。そろそろ交替の刻限でございますゆえ」

「あ、ああ……。相判《あいわか》った」

さすがに小原も何かを感じ取ってはくれたようで、二人は種田と別れると、表台所を後にしたのだった。

三

それから小半刻（約三十分）と経たない後のことである。

今、西根は小原とともに目付方の下部屋《したべや》にいて、『賄方《まかないかた》』の役人を呼び出して、話を聞いている最中であった。

賄方というのは、城中で使う食材や食器、生け花用の生花など、諸方から仕入れて管理し、使うべきところに配布する役目を担っている。

たとえば今回の米ならば、台所方で使用する一ヶ月分を浅草にある幕府の米蔵まで取りに行き、それを賄方の持つ倉庫部屋の幾つかに分けて積み入れておいて、台所方の求めに応じて、「四年落ちの古米が何俵、五年落ちは何俵で、六年落ちと七年落ちはそれぞれに何俵ずつ」という風に、倉庫部屋からあの台所の廊下へと運び入れてやっているのだ。

この賄方は、役高・二百俵の『賄頭』三名を長官に、役高・七十俵五人扶持の『賄組頭』が七名と、その配下に役高・二十俵二人扶持の平《ひら》の『賄方』百二十名で構成されていた。

西根はそのなかから「城内の米についての担当をしている者を呼んでくれ」と指定して、目付部屋付きの表坊主の一人に頼み、この下部屋に賄方の役人を呼んできてもらったのである。

目付部屋に専属でついている表坊主たちは必ず十四、五歳までの子供と決まっていて、徒目付ら目付方の配下と同様に「目付部屋のなかで見たり聞いたりしたことは、いっさい他言しない」という、口が堅く信頼に足る者ばかりである。

西根はその目付部屋の坊主のなかでも、ことに気の利《き》く者を頼んで、

「台所方に不審の筋があって調べておる最中《さなか》ゆえ、賄方の者を呼び出す際には、必して台所方には気づかれぬよう気を配ってくれ」

と、頼んでおいたのだ。

そうして今、この下部屋に来ているのは、米の担当をしている「香山《かやま》」という平の賄方と、その香山の上役である賄組頭の「村中《むらなか》」という男の二人であった。

「なれば『表台所に新米が入っている』というのは、事実《まこと》ではあるのだな？」

念を押した西根の言葉に、米担当の香山は、力強くうなずいた。

「先月の半ばほどのことでございますので、例年に比すれば、いささか遅れはいたし

ましたが、たしかにもう新米は入ってございます。ただどうにも今年の新米《もの》は、出来が良うございませんので……」

「やはり出来が悪いのか？」

またも横から小原が口を出してきて、西根から話をもぎ取っていった。

「して、どのように悪いのだ？」

小原の問いに、しばし香山は答えようを考えているようであったが、言葉をまとめて言ってきた。

「『二之間の御賄い』に出すほどの良き新米《もの》がございませんので、仕方なく、いつもであれば『三之間の御賄い』にいたしますものを、二之間にも当てておりますような次第でございまして……」

「これ、香山！」

横手から組頭の村中が、香山の物言いをたしなめたが、後の祭りである。『三之間の御賄い』を食すのは、小原や西根も同じことで、「普段なら二之間の賄い飯は、三之間程度の代物ではなく、もっと上質なものを出すのに」などと言われて、目付二人は、揃って気を悪くしたようだった。

「ですが小原さま、西根さま、ただいま香山も申しました通り、新米はたんと入ってございますので、今この時期でございますなら、食味のほうは例年と変わらぬはずでございまして……」

話の向きを何とか他に向けようと、村中は懸命に言葉の先を継《っ》いでいる。

だがそんな村中の話は、目付二人がまさしく知りたいところであった。

「『例年と変わらぬはず』と申すのだな？」

例年の味を知っている西根が鋭く訊き返した。

「はい」

と、返事をしてきたのは、だが村中ではなく香山のほうである。どうやら香山は、人付き合いの勘が良くないらしく、さっき自分が失言をして目付たちを不機嫌にしたことに、少しも気づいていないようだった。

「三之間用の新米でございましたら、例年よりも多く入っておりまする。古米のほうも例年通りでございますし、今年がことに食味が落ちるなどということはないはずにござりまする」

香山ははっきりと言いきって、自分が米の担当であることに誇りを持っているらしい。

「相判った」

香山にうなずいて見せてやったのは、小原孫九郎であった。

「常日頃のそなたの精勤ぶりがよう判る報告であった。これよりも今と同様、心して相勤めよ」

「ははっ」

有難く平伏してきた香山を上から眺めて、小原は悦に入っているようである。

その小原を横目に、すっかり白《しら》けているのは西根であった。

「…………」

きわめて小原らしくはあるのだが、小原と組んで仕事をすると、時折こうして珍妙な展開になって場を持っていかれてしまうのである。

見れば香山の横にいる村中も、急な話の展開に目を丸くしていて、この妙な形のまま、賄方役人からの聞き込みは終いとなったのだった。

賄方の二人が帰った後のことである。

「ここでのことは必して他言いたさぬよう……。万が一にもこのことが賄方や台所方にて噂になれば、そなたら二人が不調法にもその口を滑らせたに違いないと、目付方《こちら》にはすぐに判る。さよう心得よ」

と、それでも最後に西根がぴしりと緘口令《かんこうれい》をしいた上で、村中と香山の二人を賄方に帰したのだが、それは取りも直さず西根らが、種田をはじめとする表台所方に不審を持っているからであった。

香山の言った通りなら、「三之間用」の新米は例年以上に入っているはずである。

そこから一体どれほどを「二之間」のほうに使っているかは判らないが、今の三之間の賄い飯の不味さから推測すれば、例年通りに新米を使っている訳がなく、やはり異常には違いないのだ。

「なれば、種田が新米を横流ししておるのでござろうか？」

そう言ってきた小原の言葉を、西根は「いえ」と否定した。

「種田一人がどうこうではございますまい。もし本当《まこと》に米の横流しをしておるのであれば、表台所方のかなりの者が悪事に関わっておるとしか思われませぬ」

表台所方は毎日それぞれ朝・昼・晩、数十人から数百人もの賄いを作っている。

日によって、三食のどれかによっても、必要な賄い食の数は毎回違ってくるはずで、表台所方では交替で休みを取りながらも、四名の組頭と六十八名の台所人とで、臨機応変に仕事をこなしているのだ。

つまりは「三之間の賄い」だけの担当がいる訳ではなく、もし三之間の新米が横流しされていて、賄い飯のなかに新米が混ぜられていないなら、ほぼすべての組頭や台所人がそれを知っていなければならない。

単純に「種田がどうこう」で済む話ではないのだ。

こうしていろいろと説明をした西根の長い推理の後に、だが小原が発した一言は、実に小原らしいものであった。

「やはり『米』を知らねば、どうにもならぬな……」

「え……？」

そんな結論になるはずの話ではないのだが、見れば小原は一体何を考えているものか、一人で大きくうなずいている。

（またよけいに面倒をかけられねばよいが……）

と、西根はうんざりとため息をつくのだった。

四

翌日の昼下がり、小原は神田須田町の『搗《つ》き米屋』を訪れていた。

搗き米屋というのは、玄米を仕入れて精白し、それを小売りする米屋のことである。

今、小原が訪れている搗き米屋は、小原の家とは代々付き合いのある「古河屋《こがや》」という札差《ふださし》が経営している店である。

小原家では自分の領地から年貢として上がってくる米を、すべていったんその古河屋に預けている。そうして小原や家族が食べる米と、小原が家臣に禄として与える米のほかは、古河屋を通して売り払ってもらい、その現金化したものを生活費にあてているのだ。

小原家では自分たちが消費する分の米も、保存状態の万全な古河屋の蔵に預かってもらっていて、精米も古河屋の経営する搗き米屋にその都度、頼んでいる。

そんな親密さもあって、こたび小原はこの古河屋に、「米の目利きができるようになりたいゆえ、米の良し悪しの見分け方を教えてくれ」と頼んできたという訳だった。

「良し悪しと申しましても、ちといろいろ幅も広うございますので、まずはおそらくお城でお使いかと思われる古米のことなどから始めますのは、いかがでございましょう？」

「おう、それがよい。頼む」

「はい」

古河屋の搗き米屋を預かっているのは、昔、札差の本店のほうで番頭を務めていた

「嘉兵衛」という男だった。

今年で五十八歳になるというこの嘉兵衛は、さすがに古河屋から一店任《ひとみせ》されているだけのことはあって、「米のことなら、何でも」という風な、実に頼りになる男であった。

搗き米屋は、武家はともかく町人の客には精白済みの米を計り売りするのが商売になっているため、店先には上質で値が高い精白米から、古くて質も悪いが安く買える精白米まで、ずらりと米櫃を並べてあって、選べるようになっている。

その並んだ米櫃のうちの一番端にあるもののなかから、嘉兵衛は米を一つまみだけ取り出してきた。

「こちらが俗に『ポンポチ米』などと呼ばれております、七、八年は前の古米でございまして」

「ポンポチ米、とな？」

「はい。こうしたものを皆さまは、ポンポチ米とお呼びになりますので……」

嘉兵衛が見せてきたのは、何ともいえない色をした、実に艶《つや》のない米粒であった。

黄色いような、朱《あか》いような、黒いような、小原にとってはこれまで一度も見たことのない妙な色味に変色していて、「白米」と呼ぶには、かなり抵抗のある代物である。

あまりにひどい米の様子に小原が声を失っていると、嘉兵衛はそれを大切に握りしめるようにして、元の一番端の米櫃に戻しに行った。

「こうした米《もの》でも、やはり皆さま御禄《おろく》として配給になります時には、はつらつとなさっておいでてございますので……」

古河屋の本店である札差の店は、家禄が百俵以下の御家人身分の武家とも取り引きが多くあり、そうした御家人たちに配給される家禄の禄米のほとんどは、五年以上も前のああした「ポンポチ米」なのだという。

「あれが『御禄』として配られるというのか……」

小原のように「家禄〇〇石」として自分の領地を有している旗本たちは、年貢米として得た領内の米を食べたり売ったりしているから、幕府から米の形で、家禄の分を支給される御家人たちの米事情を、詳しくは知らないのが普通なのである。

愕然として、小原がさっきの一番端の米櫃を見やっていると、嘉兵衛はさらにその先の悲壮な事実を教えてくれた。

「お城の『お賄い』のお話などもよく聞かせていただきますのですが、何でも『四之間』というお座敷では、お賄いに『笊飯《ざるめし》』と申しますのが出るそうにございまして……」

米を炊くのではなく、笊のなかに米を入れ、それを沸き立った湯に浸して、茹《ゆ》でるようにして仕上げた賄い飯のことである。

四之間で賄いを食べる役人は、二之間や三之間とは違い、とてつもない人数になるため、時間も光熱費も少なくて済む笊飯が賄い飯として出されるようだった。

「あのポンポチ米を炊かずに茹でるのでございますから、やはり美味しい訳はなく、なかにはご自分のお屋敷から飯だけは握ってきて、お賄いのほうはお味噌汁《しる》や煮物や香の物だけをお召し上がりになるお方も多いとか……」

だが、たとえば自宅から飯だけ持ってきたとしても、その飯もポンポチ米には違いないのだ。

「さようであったか……」

深く大きくため息をついて、小原は頭《こうべ》を垂れた。

「幕臣を監察する身でありながら、かようなことも相知らず、まことにもって不徳のいたすところであった。『今更……』と、人の謗《そし》りは受けようが、さりとてやはり学ばねばならぬ。嘉兵衛、面倒をかけるが、引き続き教授を頼む」

「もったいなきお言葉でございます。私などでお力になれますならば、喜んで……」

小原は嘉兵衛に誘《いざな》われて、店先に並んだ米櫃の前に、どっかと腰を下ろすのだった。

「なれば今度は『良いほう』より、ご紹介をいたします。こちらが俗に『上ノ上』などと呼ばれて、公方《くぼう》様はもちろん大奥の皆々さまもお気に入られております、武州《ぶしゅう》の川越米《かわごえまい》でございます……」

「ほう。これは白い」

「はい」

公方様のお召し上がり米《もの》から始まって、おそらくはまたポンポチ米へと続いていく嘉兵衛の講義は、まだまだ長くなりそうであった。

五

一方その頃、西根五十五郎は、浅草《あさくさ》にある幕府の御米蔵《おこめぐら》を訪れていた。

通称『浅草御蔵《おくら》』と呼ばれるこの幕府の年貢米の貯蔵施設には、白壁の大きな米蔵が五十棟あまりも整然と建ち並んでおり、全体の広さは三万六千坪あまりもあった。

この三万六千坪を大きく「コの字」に三方を囲んで、石垣の塀と竹矢来《たけやらい》で厳重に米が盗まれないよう防いでいる。

とはいえ、そうして堅固な塀で守っているのは、四角く切り取られた三万六千坪の四辺のうちの三辺だけで、残る一辺は広く大川《おおかわ》(隅田川《すみだがわ》)に面して開かれて、諸方から米俵を積んで運んでくる多くの船をいっぺんに受け入れられるように造られていた。

櫛《くし》の歯のように深く切られた掘割《ほりわり》が、一番堀から八番堀まで整然と並び、そのそれぞれの堀に面して建てられている幾十もの米蔵が、船から陸揚げされる米を待っているのである。

米蔵の一つ一つは内部《なか》が長屋のように細かく壁で仕切られて、それぞれに出し入れする戸口も作られており、米の種類や年期ごとに分けやすいようになっているのだが、今はこれが『一番』から『二百五十八番』まであった。

この広く、仕分けの複雑な『浅草御蔵』で、今日、西根が探り出そうと狙っているのは、「例年であれば普通に『二之間の賄い飯』になるはずの、上質な新米のゆくえ」であった。

昨日、下部屋に呼び出した賄方の香山が、

「今年は『二之間の御賄い』に出すほどの良き新米がございませんので、仕方なく、いつもであれば『三之間の御賄い』にいたしますものを、二之間にも当てております」

と言ったのが、どうにも気になってならないのである。

二之間にまわす新米がどれほどのものなのか、三之間役人の自分は見たこともないから判らないが、「今年がことに凶作だ」などという噂は聞いたこともないのに、二之間用の新米が少しも入荷してこないなどということが本当にあるのだろうか。

どうもそのあたりに「横領」の気配を感じて、西根は小原には内緒で、配下の徒目付・本間《ほんま》柊次郎《とうじろう》だけを供にして、浅草御蔵を探りに来たのだ。

あえて小原を誘わずに来た理由《わけ》は、小原がいると、あれこれ思い通りに事が運ばなくなるからである。

ことに今の段階は、「何か不正がありそうだ」と、まだ薄っすらと臭いがし始めたというだけだから、とにかく敏感に鼻を利かせて、どこに異常があるのかを感じ取らなければならない。

話す相手の顔つきや物の言いようなどを観察しながら、繊細に聞き込みをかけなければならない場面で、小原に横から台無しにされてはたまらないからだった。

浅草御蔵の三つある門の一つから、「目付」と名乗って敷地内《なか》に入ると、二百五十あまりもある蔵の戸があちらこちらで開いていて、忙しく米の出し入れを行っている。

どこから手をつけようかと考えながら、慌しい御蔵の様子を見渡していると、そんな西根に近づいて、本間が小さく訊いてきた。

「いかがいたしましょう？　やはり正規に、誰ぞ案内《あない》を頼みましたほうが、よろしゅうございましょうか？」

「いや……」

本間に訊かれて、かえって考えがまとまって、西根は答えた。

「正規に行けば、向こうに隠す暇《いとま》を与えよう。まずはぐるりと見て歩いて、怪しきところがあらば、不意打ちをかける」

「心得ましてござりまする」

目付方らしい眼光の鋭さをわざと消して、二人はぶらぶらと歩き出した。

見たところ、二百五十あまりある戸口の半分ほどが開いているであろうか。

だが実際に、船が戸前に横付けされて荷揚げをしているのは、そのうちのせいぜい十件といったところで、あとは戸前に高々と積み上げられた米俵を蔵のなかへと運び入れたり、蔵から米俵を担ぎ出して大八車に乗せたりと、出し入れしているだけのようであった。

そんな光景の一つから、戸前に高く積み上げられたまま放置されている米俵の山を指して、本間が西根に言ってきた。

「ああして蔵の戸前に俵を積んでおりますのは、蔵内《くらうち》で黴《かび》など湧かぬよう、乾かしているのだそうにござりまする」

「ほう……」

西根はそう言って振り向いてきたが、その顔は単純に「良いことを教えてくれた」と、配下を褒めるような顔つきではない。

いつもの悪い癖が出て、気づいた本間が「しまった！」と思った時には、西根はもう、ちくりと嫌味を言っていた。

「そなたがそうして判るのであれば、やはりいっこう案内など要らぬではないか」

「いえ、とんでもございません。さようなことは……」

すーっと急いで引っ込んで、そのまま気配を消すようにした本間に、西根は満足したようだった。

「よし。なれば、ちくと始めるぞ」

「はっ」

そうしてしばし、ぶらぶらと歩いていると、不思議にだんだんいろいろなものが見えてくるものである。

最初にパッと見ただけの際には判らなかった、あちこちの戸前に積み上げられた俵の藁の乾き具合の差や、おそらくは大量に同じ種類の米が入荷した場合は、広い浅草御蔵の中央あたりにある蔵に集めて入れられるらしいということなど、二人はさまざまに細かく見て取れるようになっていた。

なかでも「これは！」という発見は、積み上げられた俵の山や、蔵の戸口の一部に、米の産地を記したものらしき立て札が立てられていることである。

たとえば敷地の一番端《はし》のほうにある『七番』と書かれた戸口の前には、『武州　川越米』と立て札が挿《さ》されていたし、その少し先の『十五番』の戸前には『奥州《おうしゆう》　白《しら》川《かわ》米』とあり、そのまた先の『二十八番』の戸前に積み上げられた米俵の山には、『常州《じようしゆう》　土浦《つちうら》米』と小さな木札が挿されていた。

徒目付の本間は懐《ふところ》から小さな帳面と矢立《やたて》の筆を取り出して、その戸口の番号や米の産地を一つ一つ書き取っていたが、そんな本間の手元を、書き間違えがないよう見下ろしながら、西根はぽつりと言い出した。

「『大奥は、川越米が気に入りだ』と、前に聞いたことがある」

「えっ、さようでございますか？」

本間が心底から驚いた様子を見せて、すぐにさっき記した『七番　武州　川越米』の横手に、新たに小さく『大奥』と書き加えていることに、西根はすっかり気をよくしたようだった。

「浅草御蔵《こ こ》の一等よい米が上様の御膳に使われるのは当然であろうが、おそらくそれと同等の米が大奥のほうにもまわされているらしい。してみると、ここらの端にある蔵に、良き米が集められておるのやもしれぬ」

「さようでございますね……」

答えながらも本間は、早くも『良き米　端の蔵』と、帳面に書き付けている。

それを眺めて、西根は一人こっそりと満足げな顔をすると、ついと本間に背を向けて歩き出した。

「西根さま？」

慌てて後を追ってきた本間が不思議そうに声をかけたのは、西根がなぜかこの御蔵の番所らしき小屋に向かって歩き出したからだった。

「不正を隠されると困るから、正規に案内の役人は頼まない」と言ったのは、西根当人である。

とはいえそこを、まさか気難しい西根相手に訊き返すこともできず、本間はハラハラしながらも黙って西根の後についていった。

「『目付方』と名乗って、誰ぞ米の産地に詳しい者を呼んでくれ」

番所の近くまで来た西根が、振り返って言ってくる。

「はっ」

本間は短く返事をすると、番所のなかへと飛び込んでいくのだった。

六

「ではやはり『武州の川越米』は、上物であるのだな？」

西根が訊くと、三十半ばと見える役人が「はい」と、ていねいにうなずいてきた。

今、西根と本間は「こちらにどうぞ」と招かれて、番所のなかに入っている。

目付方二人の相手をしているのは、『御蔵手代《てだい》』と呼ばれる浅草御蔵勤めの下役の者である。

この浅草御蔵を預かって、「蔵米《くらまい》」と呼ばれるここにあるすべての米を管理し、出納《すいとう》を掌《つかさど》っているのは、『蔵奉行《ぶぎょう》』たちである。

今は十二名もいるその蔵奉行は役料・二百俵で、配下には二十俵三人扶持の『御蔵組頭』が七名、その下に年棒・十両三人扶持の『御蔵手代』が七名おり、そのほかにも門番やら荷運びの人足たちが蔵奉行の配下として働いている。

三万六千坪もの敷地に、二百五十八戸もの蔵部屋があるこの浅草御蔵で、誰がどう何を担当して働いているものか、外部から来た西根たちには、いっこうに見当がつかない。

西根は一考を案じて、まるで世間話でもするかのごとく、目の前の御蔵手代にさらりと訊ねてみた。

「こうした上物《うけもち》の米の担当は、一体、誰がいたしておるのだ？」

「御奉行の前島《まえじま》さまにござりまする」

西根の画策に見事に引っかかって、御蔵手代が答え始めた。

「上物は、ちと配分が難しゅうございますので、すべて前島さまのご差配を受けまして、御組頭の茂木《もぎ》さまが人足らをお使いになって出納されておられますようで……」

本来ならば組頭の指揮のもと、自分たち平《ひら》の手代が動かねばならないのだが、何せ人数が組頭も七名、手代も七名なものだから手がまわらず、上物の米のように入荷の量が比較的少ないものは、各担当の組頭に任せる形になっているのだという。

「さようさな。組頭と手代が同じ数では、いたし方あるまい」

言い訳のような手代の話に、西根は大きくうなずいてやっている。

いつもならこんな愚痴めいた言い訳には、徹底して嫌味や皮肉で対応するであろう西根が、こうして物分かりのいい目付のふりもできることに、横で本間は内心驚いているのだった。
「して、上物の産地の話だが、川越米のほかにはどういった米《もの》がある？」
西根が話を元に戻すと、
「それなれば、良きものがございますので……」
と、自分の懐から何やら紙を取り出して見せてきた。
「上物の書付でございます。私が覚え書きに記したものでございますので、ちとお見苦しいのでございますが……」
「ほう。これはまた、よう記したものだな」
またも薄気味悪いほどに西根は手代を褒めていたが、なるほどそれは目付方《こちら》にとっては、しごく有難い書付であった。
『上ノ上
武州　稲毛《いなげ》米、川越米、長狭《ながさ》米、岩槻《いわつき》米
下総《しもうさ》　古河米
上州《じょうしゅう》　館林《たてばやし》米
武州　忍領《おしりょう》米
上州　高崎《たかさき》米』

などという風に『上ノ上』から始まって、次の段には、
『上ノ中
武州　埼玉米《さいたま》、柿米《かき》、羽生米《はにゅう》、久喜米《くき》
奥州　白川米、二本松米《にほんまつ》
常州　下館米《しもだて》』
という具合に『上ノ中』が二十近くも引き続き、その下に『上ノ下』『中ノ上』『中ノ中』『中ノ下』と、五十以上の産地が書き記されているのである。
「いや、こうしたものがあるのは有難い。本間、ちと写させてもらえ」
「ははっ」
本間がここぞとばかりに帳面に書き写そうとすると、だいぶ西根に褒められて良い気分になっているその手代は、慌ててその紙を差し出してきた。
「かようなお目汚しでよろしければ、どうぞこのままお持ちくださいませ。何ぞ少しでもお役に立てれば、嬉しいかぎりでござりまする」
「さようか。いや、かたじけない。恩に着るぞ」
そう言って、さっさと書付をもらった西根が、もう一押しとばかりに、
「おう、そうだ。つかぬことを訊くが、城の台所で使われておる米は、こうしたなか

に入っておるのか？」

と、懸案の『三之間用の米』を訊き出そうとした時だった。

「失礼をいたしまする」

番所の引き戸がガラリと開いて、何と徒目付の高木与一郎《たかぎよいちろう》が顔を出してきた。

「西根さま」

あまりの意外さに驚いて絶句している西根の耳元に近づいて、高木は小さくこう言った。

「種田彦右衛門が入水《じゅすい》をしたそうにござりまする」

「なに？」

種田といえば、くだんの表台所組頭である。三之間の新米の在り処を訊ねただけで、困ったように言葉を詰まらせ、目を泳がせていた、あの種田彦右衛門であった。

「ただ、どうやら命ばかりは助かったようにございまして」

「さようか……」

高木に返事をした後で、西根はやおら手代のほうに向き直ると、今もらったばかりの書付を見せて、こう言った。

「すまぬ。ちと一大事が起きた。これは有難くいただくぞ」

「もったいないことでございます」

手代と別れて番所を出ると、高木に引っ張られるようにして西根と本間の二人は、浅草御蔵を後にするのだった。

七

種田彦右衛門が入水したのは、自宅のある御徒町《おかちまち》からも程近い「三味線堀《しゃみせんぼり》」という、さほど大きくもない溜池のような堀であったという。

今、西根たちは高木の案内で、御徒町にあるという種田の屋敷に向かっているところである。

高木の報告によれば、種田が三味線堀に身を投げたのは、昨夜の五ツ半（午後九時頃）過ぎであったらしい。

だが幸か不幸か、三味線堀の周囲には大名家の上屋敷や下屋敷があって、堀を囲むように、それらの大名家が自家の家臣を見張りにしている辻番所が作られているため、そのうちの一つ、出羽秋田藩《でわあきた》・二十万五千石の佐竹《さたけ》家が出している辻番所が、「ドボン」という不審な水音を聞きつけて、すぐに種田を堀から助け上げたそうだった。

「この報告《しらせ》が、表台所方より目付方《こちら》に入ってまいりましたのが、今日、昼前でございまして」

徒目付の詰所では、今日、本間が西根の供をして浅草御蔵に出張っているのは知れていたことだから、「取り急ぎ、西根さまにお報せせねば！」と、高木が浅草御蔵まで報せに来たという訳だった。

「『小原さまにもお報せを……』と思いまして、今日はどちらにいらっしゃるものか、ご筆頭におうかがいいたしたのでございますが、いっこう判らず……」

実は小原は米について学ぶため、古河屋の搗き米屋を訪れていたのだが、今日、小原が供として連れているのは目付方の配下ではなく、自分の家臣たちであったため、高木には小原の居場所の確かめようがなかったというのである。

「して、種田の具合のほどは？　何ぞ詳しく報せはあったか？」

話の先を種田に戻してそう訊ねてきた西根の声に、少なからぬ心配の色を感じ取って、高木と本間は一瞬ちらりと目を合わせた。

日頃、何かと辛辣《しんらつ》で、嫌味や皮肉ばかりを口にしている西根だが、存外、その口の悪さほどには、性根は悪くないのである。

上役の目付のそんなところも心得ているこの配下二人は、また西根に臍《へそ》を曲げられないよう、慌てて目を合わせるのをやめた。

「さほどに水は飲んでないようにござりまする。ただ何せ、師走のこの寒さでございますから、芯から冷えたか熱を出して、寝込んではおりますそうで」

実際、いざ御徒町の屋敷に着いて、応対に出てきた妻女の案内で種田のもとを見舞ってみると、種田はいかにも高熱のある顔をして布団に横たわっていた。

「ご新造《しんぞう》どの。これよりは、ちと込み入った話になるゆえ、席をお外《はず》しいただいてもよろしいか？」

いつになく優しい声で西根が言って、「はい」と妻女は顔を蒼白にしながらも、種田の寝間から出ていったものである。

そうして人払いがかけられた座敷のなかは、種田と西根ら目付方の四人だけとなった。

「お騒がせをいたしまして、まことに申し訳ございません」

仰臥したまま、まずは種田がそう言ってきたが、やはり目付たちの前であるから、何とか起きねばと思ったらしい。

懸命に半身を起こそうとしている種田の肩を押さえて、西根が言った。

「そのままでよい。それよりは有り体《あてい》に話してみよ」

「はい……」

種田はそう返事して、言われた通り、身体を起こすのもやめてしまったが、さりとてそれで何かを話す訳でもない。西根の言ったもう一つの「有り体に話してみよ」のほうは、無視された形となった。

「…………」

「…………」

種田も何も喋らないが、西根も何も喋らない。

見れば、やはり西根の横顔はもうすっかり不機嫌になっていて、配下二人は顔を見合わせると、少しく徒目付としては先輩である高木のほうが口を開いた。

「どうした、種田。すべて西根さまにはお話をせぬか」

むろん高木は西根の補佐をしようとして口を挟んだのだが、どうやらそれはよけいなことであったらしい。

「…………」

いよいよ気に入らない顔をして、西根は高木を一睨みすると、

「種田彦右衛門」

と、改めて種田に向き直った。

「はい」

さすがに種田も、「はい」と、仰臥のままだが返事はする。

その種田に、西根はずばり、突然斬り込んでこう言った。

「三之間の賄い飯に『不正の儀』これ有り、その責にて自害いたそうとしたのであろう？ どうだ？」

「…………！」

種田は息を止めて驚いて、熱に潤んだ目をそのままに西根を見つめている。

「いかがした？ 疾《と》く有り体に申せ！」

「…………」

だが次の瞬間、ふっと種田は目をそらすと、西根の鋭い眼光を必死にやり過ごそうとするように、目を瞑《つむ》ってしまった。

「……ちっ」

目付らしからぬ下卑《げび》た舌打ちをしたのは、西根である。

「城に戻る」

西根は立ち上がると、仰向けに目を瞑った種田を高みから見下ろしてこう言った。

「よしんばそなたが自害したとて、台所方に不正があれば、それは必ず明らかとなり、そなたの配下も相応に沙汰を受けることと相成ろう。一人で死んで逃げようとするでない」

「…………」

閉じた種田の片目から、つうーっと一筋、涙が落ちた。

それを静かに見定めると、西根は配下二人を目で促して、種田の屋敷を出るのだった。

八

その頃のことである。

連絡のつかない小原孫九郎は、なんと浅草御蔵にいた。

先般ここに本間のみを連れて、何くれと目立たぬように調査していた西根とは違い、小原はすでに御蔵の役人に、

「目付の小原孫九郎である。調べの儀があるゆえ、案内を頼む」

と、正規に堂々と乗り込んでの調査である。

「まずは城内の本丸で、台所の賄いに出される米の検分をいたしたく存ずる。さよう

心得よ」

「ははっ」

低頭して、さっそく案内に立ったのは、十二人いる蔵奉行の一人、前島弘左衛門貴《ひろざえもんたか》信《のぶ》であった。

小原は知らぬが、この前島は、上物の米を己一人の差配で取りしきっている、ただ一人の蔵奉行である。

役料は二百俵ながらも蔵奉行は立派に旗本の役職で、おまけに四十がらみの前島は、蔵奉行十二人のなかでも一番の古参ということであった。

そんな経緯があり、今こうして「御目付さま」の案内に駆けつけてきたのも、前島だったのである。

「こちらの蔵の『百二十五番』から『百二十九番』までが、当座、三月分《みつき》の城内の台所用にてござりまする」

「さようか」

前島の言葉にうなずいて、小原は『百二十五番』の戸口を指差した。

「まずは、こちらの内部《なか》より検分をいたそうと存ずる。開けられよ」

「ははっ」

前島が後ろに控えていた配下たちに目で命ずると、手代二人が扉を引き開けた。

百二十五番の内部《なか》は、高々と積み上げた米俵で満杯の状態である。

ただしその俵の藁が、決して新しいものではないことは、小原にもすぐに判った。

「新米ではなく、古米であるな。これで幾年《いくとせ》経たものだ？」

「………………！」

いきなり古米と言い当てられて、前島は少しく驚いたようであったが、すぐに小原に答えて言ってきた。

「五年前のものにてござりまする。都合、このあたりの年季のものが、備蓄からも毎年、下りてまいりますので……」

幕府は有事の際のため、常にある程度の量の米を備蓄していて、その備蓄されていたものが古くなって、毎年一定量、こうして掃き出されてくるのである。

「なれば、中身を確かめる。ほれ」

「はっ」

小原に「ほれ」と声をかけられたのは、今日は小原の正式な供としてついてきている小原家の家臣たちである。

すでにここに来る前に小原から指示を受けていたらしく、数人の家臣たちは蔵のなかに入っていくと、何やら竹の筒のようなものを手にして俵の一つに近づいていく。俗に『刺《さし》』と呼ばれるその道具は、竹を鋭く切り出して匙《さじ》のようにしたもので、これをズボッと米俵に刺し込んで、俵のなかから少しだけ米を取り出すのだ。

小原の家臣も容赦なく、ズボッと『刺』で、なかの米を引き抜いた。

すると続いてまた別の一人が、その米を花瓶《かびん》のような細長い器に流し込み、長い棒で上から搗いて精米していく。

前島ら御蔵の役人たちは、想像だにしていなかったこの目付の検分に、ただただ目を丸くして絶句するだけであった。

小原家の家臣たちは代わる代わるに、ものすごい速さで米を搗くと、あっという間に精白を仕上げ、懐から小皿を出して米を移した。

「殿。仕上がりましてござりまする」

「うむ」

うやうやしく差し出された小皿を受け取って、小原がしげしげと米を眺めた。

「さよう。これなれば、まずは四年か五年といったところであろうな」

「はい……」

前島は仕方なく返事をしていた。

今さっき「五年落ちの備蓄米だ」と言ったのに、どうしてこんな下らないことをなさるのかと、もうはっきりと声にも顔にも表れてしまっている。

だがそんな蔵役人たちの白い目などお構いなしで、小原は次の『百二十六番』の戸を開けさせた。

「よし。ほれ」

「ははっ」

またもさっきと同様に、小原家の家臣が数人、百二十六番のなかに雪崩《なだ》れ込んで、刺で取り、棒で搗いて、精米していく。

「仕上がりましてござりまする」

「うむ」

と、小皿を受け取った小原が、「ん？」と皿の米に、いっそう目を近づけているのを見て、前島は少し焦ったような顔になった。

「あの、何か……？」

「これはポンポチ米ではないか。すでに七、八年は経ておろう？」

「は、はい。こちらの蔵は、仰せの通り、七年落ちでございまして……」

「…………」

小原は何やら少し気に入らなげな顔つきになったが、次の「百二十七番を開けるように……」と言い出した。

存外に、やたら米に詳しい「御目付さま」の出現に、前島は一番初めの百二十五番での精米の時のように、「下らない」などと言う心の余裕はなくなっている。

すると案の定、百二十七番の分の精白した米を見て、小原はいっぺんに顔を険しくした。

「これは何だ？　まだ三年がいいところといった、新しき古米ではないか！」

新しき古米というのも、いささか妙な言いようだが、小原は怒っているのである。

「あの、小原さま。何か……？」

「『何か』だと？　判らぬか？　蔵の順序のことを申しておるのだ！」

これまでの調べでは、百二十五番が五年もの、次の百二十六番はポンポチ米の七年もので、今見ている百二十七番は、一転変わって、まだそこそこに新しい三年ものなのである。

古い順から並んでいる訳でもなく、さりとて新しい順番に揃えてある訳でもなく、おそらくはその時々に空いている蔵を見つけて、そこに積み込んでしまうから、こうして順序がバラバラになっているのであろう。

「かように統制が取れておらぬゆえ、恐ろしく古き米が不当に残ってしまうのであろうが！」

思いっきり叱りつけると、だが小原は少しだけ声をゆるめて、前島に説諭した。

「七年落ちのポンポチ米も、元を正せば美味い新米であったのだぞ。四之間で笊飯を喰う者たちのためにも、苦労して年貢米を出してくる百姓らのためにも、そなたらが気を張って、なるだけ古うならぬよう上手《うま》く扱ってくれ。頼む」

「ははっ」

前島も他の手代たちも、深々と頭を下げている。

「まことにもって私どもの心得違いにござりました。以後よりは、心して相勤めさせていただきまする」

「うむ。頼むぞ」

「ははっ」

小原は蔵の前を離れると、家臣たちに「城に戻る」と命じて、歩き出した。

前島ら蔵役人たちは、その小原一行をお見送りするべく、付き従って歩いている。

するとに小原たちからは少し離れた場所にある蔵の一つに向けて、新たに一艘、船が近づいてきた。

「小原さま。相すみませぬ。ちと船が間違うて、入ってきてしまいまして……」

「おう、構わぬ。行くがよい」

「かたじけのうござりまする」

そう言って頭を下げてきたかと思ったら、前島はこちらに背を向けて走り出した。

見れば前島は、今度は配下に任せずに、自分で船のもとに駆けつけている。

つい興味を引かれて、小原が立ち止まって眺めていると、前島は船上の水夫たちと大声で話し始めた。

「いや、だめだ。二十八番は、鼠《ねずみ》が出てな。今日はあちらの百五十七番がほうへ降ろしてくれ」

前島はそう言って、懸命に百五十七番の蔵のほうへと走っていくと、さっきの船に手を振って、自ら船を誘導している。

そんな前島の姿と、いまだ小原《こちら》に付き従って、自分たちはいっこう奉行のために動こうとしない御蔵役人の手代たちとを見比べて、小原はまたも説教めいた気持ちになった。

「おい。なぜ動かぬ。ああして奉行の前島が、立ち働いておるではないか」

「はあ……」

困った顔して、説教を受けた手代二人が言ってきた。

「よけいな手出しをいたしますというと、叱られてしまいますので……」

「叱られる？」

「はい……」

小原にうなずいて見せると、手代の一人が、遠くさっきの船に立てられている看板の木札に目を凝らして、説明してきた。

「あれは常州・土浦産の『上ノ下』の米なのでございますが、ああした上物の管轄はすべて前島さまか、茂木さまとおっしゃる組頭さまが、その度ごとに人足らをお使いになってなされておられますので、私ども手代には手が出せずでございまして……」

「ほう。そうしたものか？」

「はい……」

気の毒に、立場がなさそうに小さくなった手代に、

「さようか。なれば、いたし方ないのう」

と、ねぎらいの言葉をかけてやると、小原はまた興味深く、船のほうを仰ぎ見た。

『上ノ下』の米といえば、古河屋に教えてもらったかぎりでいえば、二之間の賄い飯にも使われるような上物の米である。

（常州の土浦米とな……）

二之間の飯は、先日、自分の食べた三之間の飯とは雲泥《うんでい》の違いのようだが、いかなる美味であるのだろう。

ちと味わってみたい気持ちを引きずりながら、小原は浅草御蔵を後にするのだった。

九

城の目付部屋に戻った小原を待ち構えていたのは、きわめて不機嫌な西根と、西根からすべての話の報告を受けた筆頭の十左衛門であった。

「なんと！　あの台所組頭が、自害を図ったのでござるか？」

西根とともに目付部屋にいた高木や本間から詳しく事情の説明をされて、ただただ小原は目を丸くしていた。

「ではやはり表台所方に、何ぞか新米の横領でもあったということでござるか？」

小原は思った通りを口を出したのだが、そんなことは、端から決まっているだろうと考えている西根は、小原の物の言いようが、どうにも後生楽《ごしょうらく》な気がして、気に入らないのである。

さりとて年上の先輩目付をこき下ろす訳にもいかず、西根は精一杯の我慢をしているのだが、そんな西根の心情を見て取って、横手から十左衛門が場を収めた。

「表台所方の全体に『三之間用の新米』の横領があろうと、西根どのはお考えでござる。したが、なかなか、その種田と申すのも、口を割らぬそうでござってな。『二之間』のほうとて、新米がまるでないというのも何ぞか裏がと、今も西根どのと話しておったところでござる」

と、十左衛門が西根の代わりに、あれやこれやと喋っていた時である。

小原が「え？」と目を丸くして、言ってきた。

「二之間用の新米なれば、つい先ほど、常州の土浦米を積んだ船が御蔵に入ってまいりましたぞ」

「えっ！　それは事実《まこと》でございますか？」

西根が一気に機嫌を直して、喰いついた。

「さよう」

小原はさっき帰り際に目にした、船のことを話し始めた。

船にはたしかに『常州　土浦米』と書かれた木札があり、その木札を読んだ蔵手代が、「あれはなかなかに上物の『上ノ下』の米」だと言ったこと、そうして小原が揚き米屋から聞いた話では、『上ノ下』の格の米は、お城の台所では二之間の飯に使われるような上物だということだった。

その上さらに小原には、西根が大喜びするような、別の情報もあったのである。

「いやそれが、何でも二十幾番かの蔵に、鼠が出たそうでな。蔵奉行の前島何某とか申す者が、自ら土浦米の船を差配して、百と幾十番かの別の蔵のほうに荷揚げをさせておったのだ」

「ご筆頭……」

「うむ」

今の小原の話に、互いに顔を見合わせてうなずき合ったのは、西根と十左衛門であった。

「小原さま。これですべてが繋がりましたぞ」

「繋がった……？」

「はい」

西根は懐から、くだんの手代にもらった「米の格付け」の紙を取り出すと、小原の前に広げて見せた。

『上ノ上』から『下ノ下』まで、産地を書き連ねた書付である。

すると、その西根に合わせて徒目付の本間が、自分があれこれ覚え書きにした帳面を見せてきた。

「常州の土浦米は、やはり二十八番の蔵にてござりまする。西根さまと私が二十八番の前を通りました時には、鼠の『ね』の字も話に出てはおりませんでしたので……」

「さよう」

と、本間の言葉を引き受けて、西根がその先を話し始めた。

「おそらくは奉行の前島が、土浦米の一部を横流しせんとして、別の蔵に運ばせたものにございましょう。『横流しも、一部だけなら目立たぬ』と考えたのやもしれませぬ。そうしてあれこれ悪い小細工をいたしておるゆえ、良き米については、すべて自分か茂木とか申す組頭が差配して、ほかの配下の手代には触らせずにおるのでございましょうな」

「さようであったか……」

小原は大きくうなずくと、やおら立ち上がって、こう言った。

「なればこれより、直ちに浅草御蔵に立ち戻り、その二十八番の蔵とやらに鼠が出てなどおらぬことを、是非にも確かめねばならぬ！」

今にも大勢の配下を引き連れて浅草御蔵に乗り込みそうな勢いの小原を、西根は慌て止めて言った。

「『鼠が出た』だの『出ない』だのという話は、どうで証《あかし》の立てようなどはござりませぬ。二十八番の蔵内《くらうち》に、たとえば土浦米が残っていたとて、『鼠が出たので、これから他の蔵のほうに移すつもりでございました』とでも言われれば、それまでの話でございますし……」

「なれば西根どの、どうなさる？」

勢いを止められた小原が、いささか八つ当たり気味に訊ねると、西根はいかにも西根らしくニヤリと口の端を押し上げた。

「ちと『賭け』に出ようと存じまする」

「賭け？」

思わず黙っていられなくなって、横手から十左衛門が訊くと、西根はこくりとうなずいてきた。

「どうもあの種田の様子では、たとえば三之間の新米を横領いたしておったとて、種田自身が画策いたしたものではなく、誰ぞか上に指示出す人物《もの》がおるのではございませんかと……」

「なるほどの……」

西根の言わんとすることが判ってきて、十左衛門も乗ってきた。

「なれば種田が、浅草御蔵のほうの不正も存じておるやもしれぬと申されるのだな？」

「はい」

十左衛門に問われて、いつになく西根はやけに真摯な顔をして、真っ直ぐに向き直ってきた。

「賭けは賭けにてございますが、私は、さように読んでおりまする。そうして今度は必ずや、種田にすべて証言させる所存にございますので」

「相判った」

十左衛門はうなずくと、まだ話に乗りきれず目を丸くしている小原を振り返った。

小原はまだ、入水を試みた後の種田を見てはいないから、西根の賭けの話がいま一つピンとこないのである。

それに気づいている十左衛門は、小原を説得すべく振り返った。

「小原どの」

十左衛門は小原と目を合わすと、やおら頭を下げて、こう言ったものである。

「小原どのにも先のお考えがございましょうが、こたびばかりは西根どのが申される

『賭け』とやらに、ともに乗ってはいただけませぬか」

「妹尾どの……」

筆頭に頭を下げられて、小原はまだすべて話が飲み込めないながらも、承知した。

「なれば、西根どの、その賭けとやらをいたすには、儂《わし》はどうすればよいのだ？」

「かたじけのうござりまする。では……」

と、十左衛門も含めた目付三人、この後の『賭け』の相談を始めるのだった。

十

翌日の昼下がり、西根と小原の二人は、御徒町の種田の屋敷を訪れていた。

今日も種田は昨日と同様、床《とこ》に就いたままである。

だが実際、顔色のほうはだいぶ良くなっていて、おそらく昨日ほどには熱も高くないのではないかと思われた。

「どうだ。少しは熱が下がったか？」

西根が訊くと、種田は「はい」と申し訳なさそうな顔をした。

「おかげさまにて、大分、楽になりました」

「それは重畳《ちょうじょう》……」

「………」

横手からいきなり話に入ってきた小原に、種田は驚いたようだった。

「今ここに来る前に、三味線堀の辻番所に立ち寄って、礼を申してまいったぞ」

「お礼、にございますか？」

小原に「礼を言った」と言われて、何のことやら判らなかったのであろう。種田はきょとんとして、小原をじっと見つめている。

「馬鹿者！　幕臣をお助けいただいた礼を、目付として申してきたのだ」

その種田を本気で叱って、小原は先を続けた。

「そも、そなたがこの寒空に堀になど入るゆえ、こうしたことになったのであろうが。そなたをお助けくださった佐竹さまがご家中も、そなた同様、身体を冷やし、今は寝付いておるそうにござるぞ。己の辛さばかりを考えて、そうしたことを、ゆめ疎《おろそ》かにするではない」

「………」

種田はふらつきながらも、やおら半身を起こして、深々と頭を下げた。

「まこと、さようにございました。申し訳ござりませぬ……」

る。


「判ればよろしい」

小原は大きくうなずいて満足し、種田は殊勝な顔つきで、布団の上でうつむいてい
だが一人、西根五十五郎は、内心、またか……とため息をついていた。

こうも情緒に場が流れてしまっては、蔵奉行の前島の話を出して「どうだ、そなたも知っておろう？」と、すごむ訳にもいかないではないか。

（これだから、小原さまと一緒というのは嫌なのだ……）

と、心のなかで独《ひと》り言《ご》ちていると、もうすっかり場の主役となった小原が、あろうことか、西根《こちら》の思惑をすべて潰して、いきなり言った。

「そなた、長の患《わずら》いで、もうずっと寝付いている母御《ははご》がおるそうではないか」

「………！」

西根はキッと、小原の横顔を睨んだ。

この情報は、昨日、急いで高木や本間が調べてくれた取って置きの代物で、西根はこれを切り札にして、口を割らせせようと考えていたのである。

だがもうこうなっては台無しで、おまけに小原はそんなこちらの顔つきにはいっこう気づくこともなく、まだ悠々と先を続けてこう言った。

「その母御に、三之間の新米を食べさせとうて、いたしたのであろう？」

これこそが、西根が考えて仮説を立てた種田の新米横領の実態である。

その手柄を横から平然と掻っ攫《さら》っておいて、小原はさらに、こう言った。

「あのかようなポンポチ米で粥《かゆ》などこしらえて出したとて、食の細った病の者は喰わぬであろうゆえな……」

「……小原さま」

驚いたように目を上げた種田の顔が、見る間に、幼子がべそを掻く直前のように、歪んで崩れてきた。

「うっ、う……」

種田はもう我慢できずに、はっきりと嗚咽《おえつ》を漏らしている。

すると小原が、画策してか、たまたまか、種田の自白を促すようにこう言った。

「三之間の新米を炊いて、母御に出してやったのであろう？　どうだな、種田。違いないか？」

「……さようにござりまする……」

ぼたぼたぼたと種田の頬から次々と涙が落ちて、それでも時折しゃくり上げながら、種田は自分や他の表台所方の者らの新米横領について語り始めた。

「一度に持ち帰るのは一升（十合）だけ、一人三度を限度にしようと、皆で取り決めをいたしました……」

新米が欲しいのは、誰しもが同じである。

種田のように、病の家族や老いた親などに食べさせてやりたい者、また逆に「これは一生に一度の機会だから」と、自分の子らに新米を味わわせてやりたい者など、皆それぞれに理由もあった。

役高・二百俵の旗本である表台所頭は別にしても、その下の組頭や、さらに下の平の台所人たちは、代々、禄米としてもらうのは七年落ち、八年落ちのポンポチ米ばかりで、未来永劫どんなに待っても、新米がもらえることはないのである。

むろん搗き米屋で金を出して買えば、手に入らない訳ではない。

だが、そうでなくとも日々の出費や病の母の薬代やらで、借金もあるというのに、高価な新米に手が出せる訳がなく、「自分も家族も、生涯、新米などという贅沢はできずに終わるのだ」とあきらめていたところに、今年は天から降って湧いたように、「三之間のお賄い」に使う『中ノ上』の新米が入ってきたという訳だった。

「天から降ってきた訳ではあるまい。そなたらに『横領』の一線を踏み越えさせたは、蔵奉行の前島であろうが？」

横手から鋭くそう言ってきたのは、西根である。いつ種田に前島の件をぶつけてみればよいかと、西根はずっと好機をうかがっていたのだ。

「………」

だが種田は、とたんに口を引き結んで黙り込んでいる。見れば、小原を相手の時とは違い、種田は涙も引っ込めて頑《かたく》なな眼差しになっていた。

「おい、ちと待て。おぬし前島から何と聞かされておるかは判らぬが、考え違いをしておるのではないか？」

種田に向かい、西根は言った。

「前島は、役料・二百俵の蔵奉行だが、もとより家は三百石の領地持ちの旗本だぞ。我ら目付もそうだが、領地があれば新米は喰える。前島が新米を欲しがる理由《わけ》は、何も配下の者たちに分けてやりたいからではない。現に前島の下で『新米隠し』に働いておるのは組頭の茂木のみで、そのほかの配下にはバレないようにいたしておるのだ」

「……それは事実《まこと》にございますか？」

種田の目つきが一気に変わった。

その種田に、西根はこくりとうなずいて見せた。

「やはりな……。前島は、そなたらを味方に引き入れるのに、『己《おのれ》の配下にも喰わせたい』とでも美談にまとめておったのであろうが、あやつが盛んに配っているのは、新米ではなく金だ。それも自分の出世の道を作ってくれそうな相手にな」

「…………！」

種田は驚愕したようであったが、これは事実であった。

実は昨晩、西根は自身の家臣を連れて、浅草御蔵近くの場末の酒場をあちこちまわり、御蔵で働く人足たちから、さまざま聞き込んできたのである。

西根は浪人者を装い、人足たちに酒をおごりながら話を聞きまわっていたのだが、前島や茂木の米を運んだことのある者もいて、そうした者らが「あれは上物を目立たぬように、横流ししているに違いない」と断言していたのである。

「『人足なれば、判るまい』などと、他人《ひと》を小馬鹿にしておるから、そうして足元をすくわれるのだ。まことにもって、どこまでも愚かしい……」

そう言って「ふん」と鼻息を荒くした西根に、種田は何やら共感を覚えたらしい。

「申し上げます」

種田は西根に向き直ると、はっきりと証言した。

「御蔵奉行の前島さまは、あれやこれやと少しずつ、良き米を隠しておいでてございました……」

表台所方が作るのは、「二之間の賄い」が上等の頂点ではない。三奉行ら高官が食す二之間の賄いの更に上に、老中方や若年寄方にお出しする「賄いの弁当」というものがあり、その弁当に使う新米は炊きたての時など、見ているだけでうっとりとするほどに、どこまでも白く美しいというのだ。

「ただ『御用部屋のお賄い』の米は、なにぶん量が少のうございますので、横流しのしようがございません。おそらくは台所に入れる分ではなく、蔵に残して町場の米屋に売るほうを減らしているではございませんかと……」

上物のそうした米は、町場に売れば大層な金になるのだから、その分、幕府の懐が潤うはずであるのだが、そこを前島らは横流しして、自分のほうの懐に入れているのだ。

「賄方の香山が『今年は二之間の新米がない』と申していたが、それも前島が横流ししておったということだな?」

「はい……」

西根の問いに答えて、種田は先をこう続けた。

「『御用部屋のお賄い』とは違い、『二之間』のほうは、日々賄いを召し上がる人数も、顔ぶれも違いますから、少しく米の味が落ちましても判らぬであろうと高を括《くく》られたのでございましょう」

「おう、よし！　なれば、これにて退治ができる」

気が早く、今にも浅草に向かいそうに立ち上がった小原が、つと種田を振り向いて、辛そうな顔をした。

「たとえ『三升』といえども新米を横領したのは事実《まこと》ゆえ、追ってそなたらには相応の沙汰が下りようが、ポンポチ米の窮状だけは必ず上つ方《うえつかた》にもお判りいただけるよう上申するゆえ、気を落ち着けて沙汰を待て。金輪際《こんりんざい》、堀に入るなどいたしてはならぬぞ」

「はい。もう一人で逃げようなどとはいたしませぬ」

「うむ」

種田の言葉は、すでに覚悟に満ちていた。

そうして表台所と浅草御蔵とを揺るがすような米の不正の大黒幕、前島と茂木の二人に、目付方より取り縄がかけられることとなったのである。

十一

「いや、まことにようござったな」

晴れ晴れとして、朝っぱらから大きな声を出しているのは、小原孫九郎である。

「はあ……」

対して、いかにもうんざりとした顔をして、黙々と飯を喰っているのは西根五十五郎である。

今朝二人はまたも一緒の宿直明けで、表台所の三之間で揃って賄いを食しているのだが、昨夜、宿直の番に入ったばかりの時分から、小原は先日の話ばかりを繰り返していて、西根はもう、我慢もそろそろ限界にきているのだった。

「いやしかし、こたびはまこと西根どのには、お助けをいただいた」

「……いえ……」

話の向きが少し変わって、西根もわずかに聞くつもりになってきた。

だがその後は、結局すぐに話は戻っしまい、米の目利きが難しい話、御蔵の米の管理方法がずさんな話、ポンポチ米が哀れでならなかったという話から種田の話になり、やはり最後は、種田ら皆の処分が軽く済んでよかったと、また一巡、小原は繰り返したのである。

小原の言うよう、表台所方の面々には、想像よりも寛大なお沙汰が下った。

それぞれに向こう三月《みつき》の非番《ひばん》（休日）の返上と、「屹度叱り《きっとしか》」のお小言が加えられただけで、御役御免もなければ、家名断絶や切腹はもちろんなく、これまで通りの毎日を送ることができたのである。

対して、浅草御蔵のほうは、大変な騒ぎとなった。

蔵奉行の前島と組頭の茂木が捕らえられ、ほどなく「家名断絶の上、切腹」と相成ったのは当然であったが、小原が老中ら上つ方に上申した文言が、浅草御蔵をすったもんだの大騒ぎに陥れたのである。

「かようにずさんな管理では、いいように『ポンポチ米』などと呼ばれる古古米ばかりが増えまして、それがために、無駄に幕臣の暮らしが貧しいものと相成っておりまする。危急に御蔵の米の出納を見直して、なるだけ古米を出さぬよう工夫をいたしますことが、ひいては幕府の繁栄のもととなりますることと……」

そうして老中方から勘定奉行へと正式に命《めい》が下り、二百五十八戸もある蔵部屋の米の大移動となったのである。

このことは取りも直さず、今回の小原の自慢の筆頭となっていた。

「いや。三之間の飯というのも、新米が入れば、なかなか……」

あの一件以来、小原は握り飯を持参するのをやめていて、今朝もこうして西根とともに「三之間の賄い飯」を食べている。

「小原さま。拙者、喰い終わりましたので、一足先に目付部屋にて、引き継ぎをいたしておきまする」

淡々とそう言うと、西根はさっさと立ち上がって、三之間を後にした。

「いや。ちと西根どの、待たれよ」

さんざんに話していた小原は、飯の進みが遅れている。

新米の出たてにしては大分遅い、師走《しわす》も半ばをとうに過ぎた頃だった。

第四話　御徒組《おかちぐみ》

一

番方《ばんかた》の一つである『徒組《かちぐみ》』の番士たちの間に、何ぞよくない流行り病《はややまい》が蔓延《まんえん》しているのかもしれないと、目付方に報告が上がってきたのは、春まだ浅い頃のことだった。

報告してきたのは、城内では「御番《おばん》の医者」と呼ばれている『表番医師《おもてばんいし》』の者たちである。

本道《ほんどう》（内科）と外科の両方を合わせると、今は四十二名ほどいる医師たちは、およそ半数に分かれて昼夜通しての一日ずつの交替で、本丸御殿内にある『医師溜《いしだまり》』と呼ばれる大座敷に待機していた。

御殿内に病人や怪我人が出ると、ここに駆け込んで治療してもらったり、動けない時には往診に来てもらうのだが、最近とみに徒組の者たちに多く患者が出ているという。

「え？　十日ほどの間に、九人もでござるか？」

「はい……」

医師溜を訪ねて話を聞いているのは、目付の一人、赤堀小太郎乗顕《あかほりこたろうのりあき》である。筆頭の十左衛門に頼まれて、実際にどういう事態になっているのか、調べにきたという訳だった。

「して、症状のほどは……？」

赤堀が訊ねると、今ここに三人ほど集まっている本道の医師たちは、お互いに困った顔を見合わせていた。

「それがどうにも性質《たち》の悪い、流行り風邪《かぜ》のようにございまして……」

「やはり、流行り風邪でござるか」

赤堀も、スッと顔をこわばらせた。

流行り風邪というのは、怖ろしいものである。ことに時折、ひどく高い熱が出て、身体を芯から弱らせてしまう厄介な風邪が猛威を振るう時があり、赤堀はその怖さを、ごく幼い六つの頃に身をもって体験していた。

当時まだ二つであった妹と、祖母と曽祖父《そう》の三人を一度に連れて逝《い》かれてしまったのである。

目付になってしばらくして聞いたことだが、「ご筆頭」である十左衛門の両親《ふたおや》も、当時、江戸市中に蔓延していた同じ流行り風邪で亡くなっていたそうで、そんな経緯もあって、赤堀は十左衛門からこの一件を任されたのである。

「私どもで診た患者については、お名もお役もすべて書き記してございますので……」

そう言って古参の医師が見せてきた帳面には、患者の名や役職、日付のほかに、簡単にだが症状についても記してある。

この十日ほどの間の患者のなかから徒組の番士を拾っていくと、たしかに九人ほどいて、症状も『熱、咳《せき》ひどし』、『腹下《くだ》し。熱ひどし』、『熱ひどく、歩けず』などと、いかにも流行り風邪と思えるものばかりが書き連ねられていた。

なればもう徒組のほかにも蔓延しているかもしれないと、赤堀は丹念に『熱』や『咳』といった風邪の症状の記述を拾ってみたが、『咳』というのは三例ばかりあったものの、『熱』の記述はいっさいない。

残りの患者のほとんどは『癪《しゃく》（胸や鳩尾《みぞおち》の痛み）』、『疝気《せんき》（下腹の痛み）』、『腹下し』、『頭痛』か、『怪我』の手当てがほとんどであった。

「……いや、徒組ばかりではなく他役の者にも広がっておるかと思うたが、存外ほかには出ておらぬようでござるな」

赤堀が言うと、「はい」と、先ほどの古参の医師がまた答えてきた。

「もとより風邪が流行りますのは寒き時期《あいだ》でございまして、こうして春になりますというと、あまり見かけぬように相成《あいな》りまする。それゆえ、こたび御徒衆の皆さまに、かように流行り風邪めいて出ておりますのが、どうにも空恐ろしゅうてなりませぬので……」

「さようでござるな……」

普通の風邪とは様相が違うというのが、何とも薄気味悪い。

赤堀が、急ぎ九人の名と日付を、懐《ふところ》から出した帳面に書き付けていると、さっきとは別の医師の一人が「僭越《せんえつ》ではございますのですが……」と、横手から赤堀に声をかけてきた。

「おそらくはこの九人の方々ばかりではなく、もそっと軽い症状の方なら、ほかにもいらっしゃるのではないかと……」

「え？　ほかにも？」

「はい」

声をかけてきたのは、先ほどの古参の医師と比べると、大分、若手と見える一人であった。

「やはり皆さま、仕事の最中《さなか》ということもありましょうが、多少の熱や咳などでは、医師溜《こちら》には来られぬようでございまして……」

こんな程度で騒ぐのは武士としても男としても情けないと、そう周囲に思われるのが嫌なのではないかと、その医師は見立てをしていた。

「なるほど……。さようなものでございましょうな」

赤堀も大いにそう思ったが、なれば患者はもっと多いということになる。

「いや。報告《しらせ》をいただき、助かり申した」

赤堀は改めて礼を言うと、医師らと真っ直ぐに目を合わせた。

「今なれば、まだ徒組の外には広がっておらぬやもしれませぬな。こちらでも危急に調べる所存にございますが、また医師溜《こちら》に何ぞかござれば、お報せのほどを……」

「心得ましてござりまする」

返事をしてきた医師たちに会釈をすると、赤堀は少しく顔を険しくしながら、医師溜を後にするのだった。

二

赤堀が配下の徒目付である梶山要次郎《かじやまようじろう》という者と二人、医師らの書付にあった患者の一人を訪ねて、御徒町にある徒組の番士の屋敷に来たのは、その日の午後のことだった。

番方は軍隊であるから、「いざ戦《いくさ》」という際に、小隊に分かれて行動ができるよう、「一組《ひとくみ》、何名」と幾つかの組に分かれて、それぞれが一個隊になっている。

徒組の場合は、一組につき組頭二名の下に平《ひら》の番士が二十八名の計三十名の編成で、それが二十組あった。

一番組から二十番組まで、それぞれの組に一人ずつ、長官の『徒頭』がついている。

この徒頭は、役高・千石で旗本が就くことになっていた。

だがその下の組頭や番士たちは、御家人身分の者である。

『徒組頭』は役高・百五十俵で、俗に『徒衆』と呼ばれる平の番士たちは、役高・七十俵五人扶持であった。

今、赤堀が梶山を連れて訪れている「竹野甲三郎《たけのこうざぶろう》」という者は、七番組の番士である。

いざ見舞ってみると、竹野は幸い、すでに良くなってきたそうで、「目付の来訪」と聞いて、慌てて布団から起き出してきた。

「かようにお見苦しき有り様にて、まことにもって申し訳ございませぬ」

そう言って、畳に平伏してきた竹野は、随分と若い。

「ちなみに……」と、赤堀が歳を訊ねてみると、まだ十九ということだった。

「いや、やはり、かようにお若くていらしたか……。実は先ほどご妻女に、ここまで案内をしていただいた際にも、随分とお若いようだと思いましてな」

「はい……。あれは『三津《みつ》』と申しますのですが、まだ十七でございまして……」

妻のことを言われて、竹野は少し赤くなったようである。十九という歳からしても、まだ妻を娶《めと》ってから、たいして月日が経ってはいないのであろう。

その妻女が、さっき見たかぎりでは、おそらくもう産み月に近いのではないかというくらいに身重の身体であったことを、赤堀は思い出した。

「お子がお生まれのようでござるな。重畳《ちょうじょう》でござる」

「お有難う存じまする」

赤堀に言われて、竹野はまたも深々と平伏してきたが、平伏から顔を上げた瞬間、少しぐらりとしたようだった。

「おう、大丈夫でござるか？」

赤堀が思わず腰を上げかけると、

「いえ。大したことはございませぬ」

と、竹野は手で制して、スッと背筋を伸ばしてきた。

「かように風邪をひいて寝込むなどと、まこと番士としては、情けないかぎりでござりまする。番方の者として、これよりはもっと精進をいたしまして、二度とかようなことのないよう、いたす所存にござりまする」

「ああ……。なればもう、お身体のほうはよいのでござるな？」

「はい。ご足労をおかけし、まことに申し訳ござりませぬ」

「…………」

どうも何だか、「大丈夫だから、早く帰れ」とでも言われているような風である。

でもまあ一人、この竹野甲三郎という者は、どうやら流行り風邪ではなさそうだと判って、赤堀はほっとした。

医師の書付にあった別の八人のところには、今ほかの目付方の配下たちが、それぞれに手分けをして様子を見に行っている。

どうか、ほかの八人も、竹野のように大したことなくいてくれと願いながら、赤堀は城へと戻っていくのだった。

三

「なに？　なればその『角田《かくた》』と申す者は、かようにひどいのか？」

身を乗り出した赤堀に、別の番士のもとをまわっていた徒目付が、「はい」と神妙な表情でうなずいてきた。

「まだ熱がかなり高いようにございまして、声をかけても応ぜず、うなされておりました」

「さようか……」

今、赤堀は目付方の下部屋《したべや》にいて、ほかの八人のもとへ手分けして聞き込みに行っている配下の者たちの、帰りを待っているところである。

「して、角田の家の者らはどうだ？　誰ぞ角田から病を移されたような者はなかったか？」

もし本当に性質の悪い流行り風邪なら、家族のなかに身体の弱い者がいれば、あっという間に移ってしまう。

　まだ六つの頃だから、むろん薄っすらとではあるのだが、赤堀は今でも小さい妹が熱で苦しんでいたことを覚えているのだ。

「幸いにして、そうした者はないようにございました。念のためと思い、角田の家の者だけではなく、親しく付き合いがあるという近所の者らにも訊ねてまわりましたが、誰一人、身体を壊している者はおらぬようで……」

「さようか。なれば、よかった」

　ひとまずほっとして、赤堀は小さく息をついた。

「まだ六人だけだが、これまでのところは、別段、病が広がっているということはないようだな」

「ですが、赤堀さま。これは一体どういうことなのでございましょうか？　角田のように重篤《じゆうとく》な者もございますが、それでもやはり流行り風邪ではないということでございましょうか？」

「うむ……」

　梶山に訊かれて、赤堀もうなずいた。

「もしまことに流行り風邪なら、もうとうに、よそに患者が出ておろう。うちなどは当時、一家に七人おったが、曽祖父に祖母に妹と、三人も連れて逝《い》かれてしまったのだ。かくいうご筆頭も、同じ時の流行り風邪で、お父上とお母上をともに亡くされておられる。流行り風邪とは、そうしたものだ」

「はい……」

と、梶山は目を伏せて、ほかの配下の者たちも、赤堀と十左衛門が味わった惨劇に声を失っている。

そんな一同を見て、赤堀は慌てて話をそらせた。

「まあ、とにもかくにも徒組の内《なか》にて、通例の風邪のごとき代物が流行っているのは確かであろうな。おそらくは誰ぞが最初にひいたものを、組内で移し合っておるのであろう」

「さようでございますな」

そう言って梶山はうなずいてきたが、別の一人、山倉欽之助《やまくらきんのすけ》という二十六歳の徒目付が、少しく反論するような具合に、こう言ってきた。

「九人が九人、皆が同じ組内という訳ではございません。七番組の者が四人と、十一番組が三人、十六番組が二人という内訳にてございました」

「さようであったか……」

つい一つ、大きなため息をついて、赤堀は考え込んだ。

どうもこう、何がどうなっているものか、すっきりと判らない展開である。

ほかの番方もそうだが、この徒組も、日頃は必ず組ごとに分かれて行動している。つまりはどこか、たとえば七番組で最初に患者が出たとしても、その風邪が七番組のなかだけで蔓延するならともかく、十一番組だの、十六番組だのに、そうそうやたらに飛び火するはずがないのである。

赤堀の待つ下部屋には、その後も配下の者たちが、それぞれに報告を持って帰ってきたが、事態に大した変化はなかった。

角田という番士のように「症状の重い者」が三人、赤堀が見てきた竹野のように軽症者が六人で、いずれも体調を崩しているのは当人のみ、家族や近隣など周囲に感染した者は出なかったのである。

まるで流行り風邪のように重篤な者もいるというのに、周囲に移っていかないというのは何故なのであろう。

謎がいっこう解けぬままに日は過ぎていき、医師溜にはまた新たに徒組の患者たちが、一人また一人と現れているらしい。

その番士たちを片っ端から調べてみても、これまで同様、何も判らず、徒組に特化したこの奇妙な病は、日を追うごとに徒組の番士の間に広がっていったのである。

四

そも徒組は、上様を護衛する歩兵の隊である。

上様が「御成《おな》り」と称して城外に出られる際には、二十組ある徒組のうちから二組《ふたくみ》が『御供番《おともばん》』を、四組以上が『御道固《おみちかた》め』という役を相勤めた。

御供番というのは、上様の御成り行列の先駆けとして、先頭を歩く役のことである。二組であるから、都合、六十人あまりが先駆けの隊となる訳だが、そのうち四人は白い扇《おうぎ》を手に持って、隊から離れて一足先に駆けていき、道筋の人々に「ほどなく、上様の御成りの行列が通過する」ということを、扇を振って報せてまわるのが仕事であった。

一方の御道固めは、行列が通過する一刻（約二時間）くらい前から、おのおの組ごとに持ち場について警戒にあたっていた。

上様を高い場所から見下ろすなどということは許されないから、道筋の二階の窓が開いているのを見かければ注意して閉めさせ、行列の通行の邪魔になる馬や荷物や大八車などが道端に置きっ放しにしてあれば、持ち主を見つけて片付けさせた。

そうして道筋に不都合がないよう整備して待ち、白扇《はくせん》を開いた御供番たちが、いざ上様の御成りを報せてくると、道の左右に細引き縄で結界を張って、それより内《なか》に人が入らないよう通行を規制するのだ。

また徒組の番士たちにはもう一つ、上様の御成りの際に、しごく重要なお役目があった。

御成りの途中、何ぞ上様に危険が迫った場合には、上様をお守りするため先駆けの御供番の番士たちが全員で「影武者《かげむしゃ》」となるのである。

徒組の番士になると、幕府から黒い縮緬《ちりめん》の上等な羽織を配られるのだが、御成り当日、御供番の者たちはその黒縮緬の羽織を持参して、万一の時には御供番の六十人がいっせいにその羽織を身に着けて、同じ羽織を着て御駕籠《おかご》から降りて混ざってくる上様をお守りしながら、何としても無事に江戸城までお送りしなければならないのだ。

この「影武者」のお役目を任されているということが、徒組の番士たちには大変な誇りであった。

それというのも旗本とは違い、御家人の身分の幕臣たちは上様にお目見《めみ》えする資格を与えられていないため、上様の家臣でありながら、そのご尊顔を拝見できずに一生を終えるというのが当たり前だったのである。

だが徒組の者たちは、御成りがあれば上様のお側近くで行列の先駆けの任に就くことができるし、有事の際には影武者となって、本当にごく近くで上様をお守りすることもできる。

こうしてさまざま重要なお役目を任されているためもあり、徒組の番士は御成りのない通常の日には、本丸御殿の入り口である玄関の警固の任に就いていた。

玄関の真っ正面にある『遠侍之間《とおざむらいのま》』という広さ九十畳敷きの大座敷に、半刻《はんとき》ごとの交替で三名ずつ、本丸の玄関を守って居続けるのである。

徒組は警固の武官であるから、本丸御殿内に大刀を持ち込むことが許されていて、遠侍之間に詰める際には、ぴんと姿勢を正して正座した自分の脇に大刀を置いて、有事に備えていた。

徒組の任務のなかでは『本番《ほんばん》』と呼ばれる、この「遠侍之間の警固」に就いている番士の顔ぶれについて、城内で妙な噂が立ち始めているという。

その噂を報告して、目付部屋にいた赤堀の耳に入れてきたのは、徒目付の梶山要次郎であった。

赤堀はこの梶山と山倉の二人だけを残して、いまだ新たに患者が出続けている徒組の病について、真相を探っている最中なのである。

「その噂と申しますのが、ちと珍妙にございまして、『このところ遠侍之間が、爺《じい》さんばかりになっている』と、そのように……」

「爺さんばかり？」

目を丸くした赤堀に、「はい」と梶山はうなずいた。

「遠侍之間には、『本番』と称してまずは三人、『御供番』と称してまた別に三人が、居並んで詰めているのでございますが、この六人が六人とも五十を過ぎた番士ばかりで、半刻経って交替に現れるのも、やはり同様の者ばかりだと……」

「…………？」

つまり最近、遠侍之間に詰めている徒組の番士は五十以上の者ばかりで、若い番士はいっこうに見かけないと、そういうのである。

「どういうことだ？」

首を傾げた赤堀に、梶山が、ちと気になることを言い出した。

「遠侍之間のほうが『年長の者ばかり』と申しますなら、医師溜に名を連ねます患者がほうは『若い者ばかり』でござりまする。何ぞこのあたりに『からくり』があるのではございませんかと……」

「うむ……」

赤堀と梶山が、またも難しい顔をして考え込んだその時である。

「赤堀さま！」

と、勢い込んで、もう一人の徒目付・山倉欽之助が駆け込んできた。

「病の原因《もと》が判りましてござりまする！　水練《すいれん》にございました！」

「水練とな！」

水練というのは、水泳の稽古のことである。

上様の警護が仕事である徒組の番士たちは、武術に長《た》けているのはもちろんのこと、何ぞ水場で上様をお守りしなければならない際に、水中においても自由自在に動けるよう、泳ぎにも練達していなければならない。

そのため毎年五月から八月までの間（現在では六月から九月あたり）は、非番の日には大川（隅田川）に出かけて、水泳の稽古をするのが必須であった。

「したが、まだ、ようやく桜が咲き始めたばかりだぞ。いくら何でも水練をするには早かろう？」

何せ、まだ三月（現・四月）である。おまけに堀や溜池のような水の動かない場所ではなく、水の流れる川で泳ぐなどと、俄《にわ》かには信じられないことであった。

「いや、実は私も、初めて耳にいたしました時には、まさかと思うたのでございますが……」

山倉にこの事実を教えてきたのは、山倉の母親であるという。

かねてより山倉家に出入りしている振り売りの八百屋《やおや》が、「大川で、もう泳ぎの稽古を始めているのを見て、感心した」と、そう話していたというのだ。

俗に「棒手振《ぼてふり》」などと呼ばれるこうした振り売りの行商人たちは、通常、自分で仕入れてきた品物を天秤棒《てんびんぼう》で担《かつ》いで、得意先などをまわって売り歩いている。

その八百屋は元が百姓の倅《せがれ》だったこともあり、自分であちこち江戸市中の百姓家をまわって野菜の買い付けをするらしいのだが、昨日は久しぶりに、ちと遠いが深川《ふかがわ》の先まで舟で買い付けに出たところ、帰ってくる途中の大川で泳ぎの稽古をしているのを見かけて、びっくりしたのだという。

「徒組が水練をいたしますのは毎年のことでございますので、町場の者は、ごく見慣れておりますそうで……。ですが、これほど早いというのは、初めてだそうにございました」

「捨ておけぬな……」

いつも温和でほとんど怒らない赤堀が、めずらしく不機嫌に眉を寄せた。

「欽之助。八百屋が見たというのはどのあたりか、場所《ところ》は判るか？」

「はい。実は私、間違いであってはならぬと思い、ちと先ほど見てまいりましたので」

徒組の者らが水練を行う場所は、毎年決まって浅草の諏訪町河岸《すわちょうがし》である。山倉は

「今年も同様ではないか」と見当《あたり》をつけて、確かめてきたという。

「よし」

と、赤堀は立ち上がった。

今は昼を過ぎたばかりであるから、馬にて急ぎ駆けつければ、まだ水練を続けている者がいるかもしれない。

「梶山、山倉、馬で行くぞ。そなたらも用意をいたせ」

「ははっ」

控えていた梶山と山倉も立ち上がって、赤堀ら一同は、急ぎ諏訪町河岸へと急ぐのだった。

五

浅草の諏訪町といえば、浅草寺《せんそうじ》の雷門《かみなりもん》からも程近い、にぎやかな町である。滔々《とうとう》と流れる大川のなかにあって、諏訪町の岸は浅瀬になっている部分があり、まだ泳げない者に水泳の稽古をさせるには、もってこいの場所であった。

例年であれば四月（現・五月）の下旬、この諏訪町河岸に、丸太で小屋の骨組みを建てて、竹や莚《むしろ》、葦《よし》などで屋根や壁を作り、そこを拠点として組ごとに稽古をする。

まだ浮くこともできない初心者には平板《ひらいた》を与えて、それに両手でつかまらせ、バタバタと足で進むことを覚えさせるのだが、川に流されてしまっては困るため、褌《ふんどし》一丁になったその褌の腰の結び目に細縄をつけて、その縄の先を小屋の柱にしっかりと括《くく》りつけていた。

そうして水中に顔をつけたり出したりして水に浮けるようになり、板を離せるようになると、次には先輩の番士たちから「横泳ぎ」を教わって、向こう岸の本所《ほんじょ》まで往復できるよう練習した。

これができると、今度はいよいよ「抜手《ぬきて》泳ぎ」である。足は蛙足《かえるあし》にして水を掻きながら、両手は代わる代わるに水の上に抜き出して、自分で速さも調節しながら泳げるようにするのである。

この抜手泳ぎで、菅笠《すげがさ》をかぶった頭を水上に出したまま、笠を濡らさず川を往復できるようになると、組内のなかでも「かなり上手《じょうず》な者」として認められるようになり、夏に行われる上様への「水練披露《ひろう》」に出られる道が開けてくる。

とはいえ上覧の泳者として選ばれるのは、一組三十人のなかから四人だけ。一番組から二十番組まで総勢で八十人の練達者が速さを競って泳いだり、水中でさまざまな演技をしたりと、上様の御前で日頃の水練の成果を披露するという訳だった。

今、赤堀ら三人がようやく諏訪町に着いて、馬上から大川の岸辺を見渡してみると、やはり徒組の者たちは、まだ三月で今日もそこそこ肌寒いというのに、水練を続けている。

諏訪町は大川に沿って長く続く大きな町で、浅瀬のある川原も見渡すかぎり続いていたが、その岸辺にポツリ、ポツリと、いかにも荒っぽく適当に建てたという風な小屋が、ざっと見たところで十二、三は建っていた。

そうした小屋から細縄で繋がれて、板につかまって泳ぐ者、板なしで細縄つきで泳ぐ者、細縄なしで川の中程まで出ている者など、さまざまに水練をしている。

だがよくよくと眺めてみると、それぞれ小屋の横手に大きく火が焚《た》いてあり、皆その火にすがるようにして、寒そうに集まっている。

遠目にもガタガタと震えているのが判るようなその様子に、赤堀ははっきりと顔を歪めた。

「だめだ。やはり放っておく訳にはいかぬ。引き揚げさせるぞ」

「はっ」

馬のまま小屋の一つまで近づいていくと、梶山と山倉の二人が、それぞれに大声で止めにかかった。

「やめぃ！　やめぃ！」

「目付方である！　今すぐ水練をやめて岸に上がれぃ！」

急な目付方の到来に驚いて、慌てて川から上がる者や、褌一丁の我が身を恥じて着物を肩に羽織る者など、皆あたふたと大騒ぎになっている。

赤堀たち三人は手分けをして、次々小屋をまわっていき、すべての者を川から陸へと引き戻した。

「身支度の整った者より、ここに集まるよう、触れてまわってくれ」

赤堀は大きな焚き火のある小屋を選ぶと、自ら薪《まき》をくべて皆が温まることができるよう火力を強くすると、三々五々、何を言われるものかとびくびくしながら集まってくる番士たちに向かい、こう言った。

「とにかく疾《と》く火にあたって、身体《み》を温めよ。話はあるが、それからだ」

そうして徒組の者たちが身支度を終えて集まってくるのを待つこと、半刻《はんとき》（約一時間）あまり。

まだ唇を真っ青にして寒そうにしている者や、咳やくしゃみをしている者はいるものの、今日はどうやら動けないほどに具合を悪くした者はないようだった。

そんな番士たちの様子を見て取って、赤堀は声を上げた。

「改めて言う。目付の赤堀小太郎である。こたびは医師溜のほうから、『徒組に流行りの病の疑いがあるゆえ、城内に蔓延せぬよう至急調べて欲しい』との報せがあり、まかり越した次第だ」

心当たりがある者も多いのだろう。番士たちは叱られる前の子供のような表情で、赤堀《こちら》と目が合わないよう視線を伏せている者がほとんどである。

だがそのなかにあって、一人、真っ直ぐ顔を上げている者があり、その視線を感じて、赤堀はそちらに目を向けた。

「おう。竹野どのではないか」

以前、赤堀が屋敷を訪ねたことがある、七番組の番士・竹野甲三郎である。

「竹野どの……。貴殿、先般、身体を壊されたばかりだというに、またもこうして水に入っておられたか」

「はい……」

竹野の返事は、まるで「水練を続けて、どこが悪い？」とでも言いたげに、はっきりと尖《とが》っている。

まだ十九と血気盛んな時期だから、多少、体調を崩しても、「ほかの者らに負けたくない。ゆっくり休んでいる訳にはいかない」と、焦るのかもしれなかった。

「竹野どの」

「はい」

強い目をして、今にも反論してきそうな竹野を相手に、赤堀は逆にふっと表情を和《やわ》らげてこう言った。

「水練が、そなたら徒組の大事なお役目の一つであることは、大いに判る。だが武官というものは、いつ何時どこで戦が起ころうとも、すぐに馳せ参じて戦えるよう、常に我が身を健やかに保ちおくのが、まずは何より肝要であろう。そこを、ゆめ履《は》き違えてはならぬぞ」

「……はい」

竹野はいかにも仕方なく返事をしたという風であったが、十九という若さのせいもあり、それはいたし方ないことであろうと、赤堀は半ばあきらめていた。

もとよりこうして徒組が水練に精進することに、何ら悪いところはない。

だが、だからといってこのまま放置しておけば、時季外れの水練に身体を壊す者がいっそう増えるのは必定《ひつじょう》で、そんなことをしている間に本当に悪い風邪を引き込む者が現れて、それが流行り風邪のように世間に蔓延してしまうかもしれないのだ。

「聞いてくれ」

赤堀は竹野から目を離すと、集まっている全体に対し、訓示した。

「目付方より申し置く。これよりは例年通りの五月朔日《さくじつ》（一日）まで、水練をいたすこと相成らぬ」

「…………！」

見れば竹野は唇を噛みしめて、濡れた手拭いを持った手を、いかにも悔しそうに握りしめている。

ほかの番士たちもそれぞれに、驚いて目を丸くしたり、仲間どうし顔を見合わせたりしていたが、さすがに目付が命ずることに反論したり、不満をぶつぶつと陰口のように口に出したりできる者は誰もいない。

赤堀は、実にいつもの赤堀らしくもなく、上からの権威で無理やりに徒組の水練を押し止めてしまったのであった。

六

そんな赤堀の押さえつけを、その上をいく威圧《いあつ》で押し潰したのは、首座の若年寄である松平摂津守であった。

赤堀が無理やり番士たちを押さえ込んで水練をやめさせてきたその翌日、二十組ある徒組のうち三組の『徒頭』から、正式に若年寄方に向けて訴えが上げられたのである。

「何ゆえに、水練をば止められねばならぬのでございましょう？ 来たるご上覧に向けて、徒組《かち》が水練に励みますのは当然のこと。寒いだ暑いだと文句を言っておりましては、武芸の鍛錬はできませぬ」

そう言って、再び水練を認めてくれるよう連名で嘆願書を出してきたのは、七番組、十一番組、十六番組の徒頭であったという。

松平摂津守は、この番方の訴えを「正当」と裁断して、目付方のほうに「翻意《ほんい》」を促してきたという訳だった。

摂津守に呼び出された十左衛門が目付部屋へと帰ってくると、すでに赤堀が居住まいを正して待っていた。

「こたびはご面倒をおかけいたしまして、まことにもって申し訳もございませぬ」

十左衛門が今日、自分が徒組に出した水練禁止の一件で若年寄方に呼び出されたということは、赤堀自身も知っている。

そうして事前の梶山や山倉の調べで、二十組ある徒組のなかの三組から苦情めいた嘆願書が出されたことも、すでに赤堀は知っていたのだ。

「ご筆頭。まこと、申し訳も……」

そう言って、とうとう平伏してきた赤堀に、十左衛門は静かに訊いた。

「したが、赤堀どの。貴殿、ご自身の出されたご判断に間違いはないと思うておられるのでござろう？」

「はい」

はっきりと返事して、赤堀は顔を上げた。

「それは自信を持ちまして、引き揚げを命じましてよかったと…」

「なればよい。拙者も、さよう申してまいった」

「ご筆頭……」

「うむ」

十左衛門はうなずくと、淡々と先を続けた。

「『あのままに捨て置く訳にはまいりません。病の原因《もと》となりまする』と、摂津守さまにはそう申し上げてまいったが、聞き入れてはもらえなんだ」

「さようにございましたか……」

ならばまたあの川風の冷たいなか、川に入るということかと、赤堀は小さく唇を噛んだが、そんな赤堀に十左衛門はこう言った。

「だが、こちらは目付だ。危ういと思うものには『目』を『付』けねばならぬ。諏訪町河岸には、目付方よりこれより毎日見張りを出す。赤堀どの、引き続き、頼む」

「はい！　心得ましてござりまする」

水練を完全に止めることはできないが、目付方《こちら》が毎日見張っていると知れば、番士たちも少しは無理をしなくなるかもしれない。

こうして赤堀は、引き続き梶山や山倉と組んで、諏訪町河岸の監視を続けることになったのである。

だがこんな赤堀の徒組への固執は、目付部屋のなかでも少なからず波紋を呼んでいた。

まず第一に皆が引っかかりを感じたのは、赤堀が毎日、自分自身も見張りに立ちに諏訪町へ行ってしまうため、常ならば毎日夕刻に十人が集まってする目付の合議に、欠席し続けていることである。

そうしてもう一つ、やはり目付も十人もいると、嘆願書を出してきた徒頭たちや、若年寄首座の摂津守のように、「せっかく水練に精進しているのだから、そのままやらせればよいものを……」と、考える者たちも少なくはなかったのである。

「そも武道などというものは、己の身体に無理を強《し》い、鍛錬に鍛錬を重ねて、初めて上達していくもの……。それをこうして、何ゆえに甘やかそうとなさるのか？」

そうはっきり言ったのは、自身が武道に精通している蜂谷《はちゃ》である。

すると西根がめずらしく、蜂谷を肯定してこう言った。

「さよう。何につけ、赤堀どのは甘いのだ」

と、やはりいささか西根らしく皮肉になったところで、横手から荻生《おぎゅう》が口を挟んできた。

「ですが、たかだか水練がために、城中に厄介な流行り風邪など蔓延をいたしましてはたまりませぬ」

荻生はもともと上様の側近であったから、城中に流行り病が持ち込まれて、上様のにまで危難が及ぶのを恐れているのだろう。

「いや、さようではござろうが、そも鍛錬が足りぬから、病なんぞに……」

と、蜂谷が持論を展開しようとした時だった。

「ご筆頭」

凛《りん》とした声で、桐野が突然そう言って、十左衛門のほうに真っ直ぐに向き直ってきた。

「私、赤堀さまより、ご事情のほどおうかがいいたしておりまする。僭越ながら、何ゆえにご筆頭や赤堀さまが流行り病の蔓延を危惧されておられるものか、皆さまにもお話しさせていただいたほうがよろしいのではございませんかと……」

「うむ……。さようさな」

「はい」

十左衛門と目を合わせてうなずき合うと、桐野は話し始めた。

話はむろん、赤堀が六つの時に江戸市中に流行した、怖ろしい威力の流行り風邪のことである。

赤堀の家族を三人奪い、十左衛門の両親をも連れ去っていった流行り風邪の話に、目付部屋の一同は、さすがに声を失っている。

そんな皆の様子を見て取って、十左衛門は自分の話を少しだけ補足した。

「当時、拙者は使番《つかいばん》で、大坂《おおさか》に使いに出ておってな、よもや江戸市中にさような病が蔓延しておるとは夢にも思うておらなんだ。家臣の若党より急ぎ文が送られてきて、慌てて江戸へ戻ったのだが、結句、死に目にも会えんでな……」

「さようでござったか……」

低く小さく小原が言い、その後はまた誰も何とも言えなくなって黙り込んでいる。

すると桐野が、その沈黙を破って言った。

「赤堀さまがお家も、その後が大変だったそうにございました……」

当時、赤堀の家族は、曽祖父に、祖父と祖母、父親と母親に、六つの自分と二つの妹の七人であった。

だが流行り風邪で曽祖父と祖母と妹とを亡くして、そのことが当初、一家に複雑な影を落としたらしい。

それというのも常々、祖父は「家を守るのは女の役目」と、自分の妻である祖母にも、息子の嫁である母親にも厳しく接していたのだが、寝たきりの曽祖父の介護をしていたその嫁が、結句は曽祖父のことも祖母や妹のことも上手に看病できなかったから死んだのだと、責め立て続けたのである。

「今にして思えば、家族を一度に三人も亡くした事実に、祖父は耐えられなかったのかもしれないと、赤堀さまはそう申されていらっしゃいました……」

誰の責任でもない責任を、唯一、血の繋がりのない嫁に転嫁することで、ギリギリのところで心の均衡を保っていたのかもしれなかった。

だが母も、自分の子供を一人亡くしているのである。

そうでなくとも子を守りきれなかった自分を責めているのに、舅《しゅうと》の祖父に責め立てられて、母親はほとんど口を利かなくなってしまったらしい。

その母親に精一杯に寄り添って、懸命に明るく振舞うことが、その当時の赤堀にできたただ一つの親孝行だったという。

「それでああして、目の色を変えて……」

と、言いかけたのは西根で、たしかに少し皮肉の色も入ったが、さすがにその後は何も言わない。

すると、さっきは赤堀を否定していた蜂谷が、いつものように正直にこう言った。

「考えが甘うござったのは拙者のほうであった。まこと、もし徒組の番衆の間に悪い病が現れて、それが城中や世間に広がりでもいたしたら大変なことにござるな」

「さよう」

と、合いの手を入れたのは、十左衛門である。

「なれば、おのおの方、赤堀どのがこうして目付部屋に来られぬのも、少しく目をつぶってやってくれ」

「ははっ」

蜂谷がすぐに返事をし、そうして今日もまた赤堀だけが欠席のまま、合議はほかの議題に移っていくのだった。

七

そうしておよそ十日ほども経ったであろうか。

いつものように赤堀は梶山や山倉とともに、諏訪町河岸を訪れていた。

今日も「花冷え」という言葉がぴったりの、薄ら寒い陽気であったが、竹野をはじめとした徒組の番士たちは、それぞれに唇を青くしながら稽古を続けていた。

見れば、たぶん練達者なのであろう。向こう岸まで行こうとしたか、川の中程まで泳いでいったが、なぜかそこでぴたりと止まって立ち泳ぎをしている。

サッと顔色を変えて、赤堀は山倉に命じて言った。

「おそらくは身体が冷えて、前にも後ろにも進みかねておるのであろう。疾《と》く、舟で拾ってやってくれ」

「心得ましてござりまする」

赤堀らはこうした時に備えて、救助に使うための舟を用意しているのである。

舟は大きいものではないから、山倉のほかには乗っていかぬほうがよいくらいで、赤堀と梶山は、山倉が川から番士を助け上げてきたら介抱してやらねばと、川原まで下りてきた。

するとそんな赤堀たちのすぐ横を、むっすりとしたままだが頭だけは一応下げて、竹野甲三郎が通っていく。

思わず目で追っていると、竹野は何やら甲冑《かっちゅう》を身につけ始めた。

「ん？　何だな、あれは？」

「いや、何でございましょう……？」

梶山も判らぬらしい。

見れば、甲冑とはいっても、戦で大将格の武士が着るようなものではなく、少しく簡易なものである。

兜《かぶと》もつるりとして飾り気がなく、鎧《よろい》は肩にも胴にも色糸の縫い取りなどのまるでない代物《しろもの》であったが、それでも竹野は他人の手も借りずに自分一人で滞《とどこお》りなく身に着けているから、おそらくは竹野家に代々伝わる自分の甲冑なのではないかと思われた。

手甲《てっこう》や脛当《すねあて》もつけ、腰には竹光《たけみつ》のようだが大小も差して、竹野はすっかり「戦拵《いくさごしら》え」になっている。

そうしてようやく戦支度を整え終えると、竹野はその格好のまま、やおら川のほうへと向かい始めた。

「やっ！　竹野どの、何をなさる！」

そのまま水のなかに入れば、十分に動きが取れなくなる重量である。

おまけに今は、川風も水も冷たい三月なのである。冷たい川のなかで身体が凍えて、甲冑の重さに動きを阻まれてしまったら、そのまま川に流されてしまうかもしれない。

焦って赤堀は、竹野のあとを追いかけた。

「やめられよ、竹野どの！」

赤堀は、川に入ろうとする竹野の腕を、ぐっとつかんだ。

「その格好で、何をなさるおつもりだ？」

「ご上覧の稽古にてござりまする！」

目付を相手のことだから、懸命に怒りをこらえてはいるようだが、竹野もすっかり切り口上になっている。

そうして赤堀の手を振りほどいて、どんどん川のほうへと入っていった。

「待たれよ！　川に入ること、罷《まか》りならん！」

「…………！」

またも上から威圧的に押し止めてきた赤堀に堪忍袋《かんにんぶくろ》の緒が切れて、竹野はキッと振り返った。

「お旗本の貴方さまにはお判りになりますまい。徒組は、これが一世一代のお勤めの見せ場なのでございます！」

とうとう目付に盾ついて言い放つと、竹野は激《げき》して止まらなくなったらしく、どんどん先を言い繋いできた。

「我らは上様の影武者として御羽織をいただき、何時《いつ》にても上様の御身代わりにならんという気概も持ち合わせております。ですが生涯、おそらくは御羽織を着ることも、上様をお守りして死ぬこともできぬことでございましょう。むろんそれは上様の御身がご安泰である証《あかし》。喜ばしいことでございます。なれば我らは、一年に一度きり、この水練のご上覧で目覚ましい技をご披露し、上様より御声をいただくことだけが、生涯の目標なのでございます」

説教めかして言い捨てると、竹野はジャブジャブ川のなかに入っていった。

重くかさばる甲冑を着ているというのに、竹野は抜き手で難なく泳いでいき、あっという間に川の中程まできて、そこで止まった。

けだし「止まった」といっても、そこは水のなかである。

岸からはすでに随分と離れていて、足が立つはずもなく、おそらく今、竹野はこちらからは見えない水面下で、懸命に蛙足で立ち泳ぎをしているに違いなかった。

「やあやあ、我こそは竹野甲三郎なり……」

と、どうやら竹野は源平の昔をかたどって、侍の名乗りを上げているようである。

そうして敵を仮定して、竹光の大刀を腰から引き抜くと、水上で斬り合いでもするかのように振りまわし始めた。

「えいっ！　やあっ！」

輿に乗ってきた竹野が、次には水中から刀を引き上げて、逆の袈裟《けさ》斬りにしようとした時である。

想像以上の水の重みに身体を持っていかれてしまったか、竹野がズブッともんどり打って頭から水のなかに潜《もぐ》り込んでしまったのである。

「あっ！」

だが見ていても、竹野の顔は浮き上がってこない。

赤堀はとっさ自分も川に向かって、夢中で走っていた。

「竹野どのっ！」

水面に竹野の甲冑の一部がちらりと浮いたのを見て取って、赤堀は抜き手でそちらへと進んでいった。

ほかの番士たちもようやく気づいて、竹野を助けようと次々川に飛び込んではいるのだが、一足先に飛び込んだ上に、存外に泳ぎの上手な「御目付さま」に誰も追いつくことはできなかった。

赤堀は竹野が沈んでいると見える場所までたどり着くと、ザブンと頭を下にして、潜水した。

水の冷たさに気が遠くなりながら、さして澄んでもいない水のなかに、竹野の甲冑の色を必死で探す。

するとが何やら少し動いたものが見えて、赤堀はそちらへ必死で手を伸ばした。

（た、竹野どのっ）

必死に竹野の上半身を抱えて水面に顔を出しながら、赤堀はどうにか岸のほうに泳いでいこうとした。

だがもう、あまりの水の冷たさに手も足も身体もかじかんで、今にも竹野を離してしまいそうである。それでも必死に耐えていると、ほかの番士たちも追いついてきて、山倉が番士を一人助けた舟も、近づいてきてくれた。

そうして自分自身も命からがら、どうにか竹野を助けることができたのであった。

八

重い甲冑を着たままおぼれてしまった竹野甲三郎は、したたか水を飲んでいた。

岸辺の小屋で取りあえず水を吐かせて、濡れた甲冑やら着物やらを脱がせて身体を拭いて温めてやったが、意識は戻らない。

諏訪町の町中を番士たちが走りまわり、ようやく医者を見つけてきたが、「意識がなくて、今は薬も飲ませることができないゆえ、手の施しようがない。このままそっと連れ帰り、身体を温めて寝かせてやれ」と言われて、浅草の諏訪町から御徒町まで、布団ごと大八車に乗せて帰ってきた。

それがもう、一昨日のこと。何とか意識は取り戻したものの、高熱を出して、うなされるばかりで、竹野はいっこう良くなる気配を見せなかったのである。

「まだ熱も下がらぬか……」

「はい……」

様子を見に竹野の屋敷を訪れた赤堀に、妻女の三津は、今にも泣きそうな顔で答えてきた。

竹野家は先代がもういないから、家族は夫婦だけである。

おまけに三津は嫁《か》してきてまだ一年で、いま一つ竹野家の中間《ちゅうげん》ら奉公人たちにも遠慮が抜けきれていないため、夫の甲三郎が元気になってくれなければ、心の拠りどころもないようだった。

臨月の大きな腹を抱えているというのに、三津は飯も喉《のど》を通らないという。

見るからに憔悴しきったその顔と、大きなお腹とが哀れで、赤堀はつい謝っていた。

「すまぬ。この私が、もそっと早く水のなかで竹野どのを見つけられれば、ここまでにはならなかったやもしれぬな」

「いえ。とんでもございません」

三津は大きく首を横に振った。

「私、赤堀さまが『水練をやめろ』とおっしゃってくださって、本当にどれほど嬉しかったか……」

三津は竹野のもとに嫁に来て、今回初めて水練のことを知り、ものすごく驚いたのだという。

「あの広い大川を、向こう岸の深川まで泳いで渡るというのだけでも怖ろしいのに、まだ寒い三月に川に入って水練をするなんて、考えただけでも身震いが出て……。ですから一度、赤堀さまが『五月まで水練はだめだ』とそう言ってくださって、本当に嬉しくて」

でもお城の御目付さまが「稽古をするな」と言ってくださるなんて、本当にびっくりしましたと、三津はようやく少し笑ったものである。

「いやな……」

赤堀は、まだ自分が六つの頃のあのつらい流行り風邪の話を、三津に話して聞かせていた。

家族を三人亡くしたという、それだけではない。

祖父のことや母のことも全部あけすけに話して、自分が目付でありながら、いつも周囲に「甘い」だの「調子がよすぎる」だの「威厳がない」だのと言われるその根本に、そうした幼い頃の体験があることも、つい話していたのである。

「どうも私は、『生きていられればいいじゃないか』と、そんな風に思ってしまうところがあるのだ」

「生きていれば……？」

「さよう」

と、赤堀は力なく笑った。

「人が普通に飯を喰って、寝て、働いて、その上に家族も守り、皆で暮らしていけるというのは、どうで大変で有難いことだと思う。むろん竹野の申すよう、家族のために出世をし、上様の御声をいただくことは、男としては何よりであるのやもしれぬ。したが私は、こたびばかりはどうしても、三月に川に入ろうとする徒組の者たちを、『良い』とは思えなかったのだ……」

この時季に川に入って、「一体、誰が得をする？」と、腹立たしくてならなかった。

なぜ五月まで待てぬのだ、五月に入って川の水が緩んでから、必死に稽古をすればよいことではないかと、そう思った。

組の長官である徒頭《かちがしら》は、自分の組下の番士たちがまだこんなに冷える頃から水練をしているとなれば、「さすが、徒組は『影武者』を仰せつかるだけはある」と、褒められもするであろう。

だがそんな優越感のために、命を懸けて水練などする必要はないのだ。

赤堀がそう言いきると、三津は本当にやわらかい笑顔を見せた。

「有難うございます。私も今度は夫に遠慮をせずに、『今はまだ、川には行かないでくださいまし』と、そう頼みます」

「ああ、そうしてくれ。おそらくは、それが一番の歯止めになろう」

「はい」

赤堀と三津は互いに約束するようにそう言って、うなずき合うのだった。

九

竹野甲三郎の高熱がひいてきて、妻女と話もできるようになったのは、四日目のことだったという。

三津が赤堀と二人で話したあれこれを、どんな風に夫に聞かせたのかは判らなかったが、竹野をはじめとした徒組の者たちが、再び三月の大川で水練をすることはなかった。

あちこち番士に聞きまわった山倉の話では、「やめる機会を与えられて助かった」と、小さな声でそう言った者も少なくはなかったという。

こうして赤堀は、ようやく諏訪町河岸の見張りから解放されて、毎日夕刻の目付部屋の定例の合議に出席することができるようになったのである。


徒組の「妙な病」の一件が解決をみて、しばらくしてのことである。

目付筆頭の十左衛門は、またも松平摂津守に呼び出されて、若年寄方へと向かう最中であった。

このところ御用部屋の方々を相手に、十左衛門《こちら》はかなり言いたい放題に、あれやこれやと言わせてもらっている。

寛永寺末院と寄合旗本の揉め事の一件では、

「目付が家格を気にしていては、目付の役には立ちませせぬ」

と摂津守を相手に反論し、月次御礼の一件で桐野と二人、中之間に居残った際には、

「桐野どのの申すよう、我ら目付の預かりおります礼法の真《まこと》に照らせば、こたびの細川さまには何の落ち度もございません」

と、老中方の使いとして訪ねてきた奥祐筆組頭の牧野の前で、啖呵《たんか》も切ってしまっ

ている。

今回の徒組の一件では、「番士が自ら鍛錬を重ねて、何が悪い？」と文句を言ってきた徒頭たちの弁を取り上げて、摂津守自身も「水練を止めること、相成らぬ！」と、目付方に命じてきたというのに、結局は赤堀の望む通りに、例年通りの五月までは水練は休止になってしまった。

そのあたりのことで、おそらくは摂津守からお叱りの一つでも受けるのかもしれないと、十左衛門は覚悟して若年寄方を訪れたのだが、今日の話はとんでもなく思いがけないものであった。

「『奈良《なら》奉行』が空《あ》いた。そなた、あの清川を手放して、奈良に行かせる訳には参らぬか？」

と、摂津守の呼び出しは、人事異動の打診であったのである。

「寛永寺末院の一件では、評定の席で清川が、父親の津山を説得して、大変な働きだったというではないか。寺社奉行の大和守も、随分な褒めようであったぞ。『ああした御仁なれば、何かと難しい奈良の寺社との間も上手《うま》く治めてくれましょう』と、清川を推《お》しておってな……」

大和国《やまとのくに》に設置された遠国奉行の一つである『奈良奉行』は、五代将軍・綱吉《つなよし》公の頃には定員が二名だったのだが、今では一名のみで務める、なかなかに忙しい職である。

天領・奈良を支配して、奈良の町人や百姓たちを治めるとともに、大和国に多数ある寺社のすべてを支配下におかなければならず、ことに奈良には由緒ある誇り高き寺社が多いため、機嫌を損ねないよう、だが幕府の命《めい》には従ってもらえるようにと、さまざま難しい交渉事をしてのけねばならない。

摂津守は、寺社奉行の久世大和守の薦めもあって、寺社とも上手に付き合っていけそうな清川に、白羽の矢を立てたという訳だった。

「さようでございますか。なれば、さっそく当人と諮《はか》りまして……」

こうしたことは、むろん筆頭の自分が勝手にどうこうと決めてしまうものではないから、十左衛門はすぐに摂津守の御前を辞した。

正直なところをいえば、清川を他役《よそ》にやるのは惜しい。

十左衛門は、今の雑多にさまざまな性格の者が集まっている目付部屋が大好きで、そういった中にあって清川を心底頼りにしているのである。

だがそれは、筆頭としての自分のわがままに他ならない。清川の将来《さき》のことを思えば、ここで遠国《おんごく》奉行に転じることは、先の出世の糸口になるのだ。

でもさて、これを皆が耳にして、どのような騒ぎになるものか……。

取りあえずは、自分と清川だけの間の話にしたほうがよかろうと、十左衛門は策を練るのだった。

御徒町にある十九歳と十七歳の若夫婦の屋敷に、元気な男の子が生まれたのは、それから程なくのことであった。

第五話　建白書《けんぱくしょ》

一

『天地神明に誓って、私は幕府に弓ひくつもりはございませぬ。ですが……』

そんな書き出しで始まった幕府に対する建白書《けんぱくしょ》（意見書）が、評定所前に置かれた目安箱《めやすばこ》のなかから見つかったのは、桜がちらほら散り始めた春の終わりであった。

八代将軍・吉宗公が設置を決められた目安箱には、上様以外、何人《なんぴと》たりとも中に入った書状に手出しができないよう厳重に錠前がかけられていて、鍵も上様がご自分の襦袢《じゅばん》に縫いつけてある布の小袋にしまって、しっかりと管理なさっている。

そうして上様が、側近の側用人や小姓《こしょう》・小納戸《こなんど》たちまですべて人払いなさった場所で、いつものように目安箱を開けられたところ、今回はそのなかに心底ギョッとするような書状が入っていたという訳だった。

建白書の内容は、農政に関してのものである。

まず一つ目は、幕府や諸藩が領内の村々に作付《さくづ》けを勧《すす》めている、米の種類についてのことだった。

古来、稲作を主とする村々では、早稲《わせ》、中稲《なかて》、晩稲《おくて》という風に、田植えや収穫の時期が早いものから遅いものまで、さまざまな品種の米を作っていたらしい。

だがたとえば、早く収穫できる上に、痩せた土地でも丈夫に育つ『大唐米《だいとうまい》』という赤米《あかまい》などは、晩稲の白米に比べるとあまりにも食味が悪く、売ろうにも高くは売れない。

それゆえ早稲の赤米は領主である幕府や藩に嫌われて、その代わりに、美味《おい》しくて高く売れる晩稲の白米を作ることを奨励され、村々では白米の作付けがどんどん増えていったのである。

だがそうして、晩稲の白米ばかりになって怖いのは、凶作の時である。

早稲、中稲、晩稲とさまざまに分けて作っておけば、大雨や大風、寒波や日照りなどが襲ってきても、

「晩稲の白米はだめになってしまったが、早稲はもう収穫が済んでいたから助かっ

た」

という風に、その年に作付けした稲が全滅するなどという大凶作にはならずに済むのである。

ところがここ五十年あまりで、どこの村でもすっかり白米ばかりを生産するようになってしまった。

このままに放っておいては、いつか大凶作に見舞われて、多くの人々が犠牲になるようなひどい飢饉が起こりかねない。

幕府より命じて、これからは多少、年貢《ねんぐ》米の品質が落ちたとしても、早稲や中稲など、さまざまな種類の稲を作付けさせる必要がある——

と、これが農政についての建白の、まずは一項目であった。

続いて述べられているのは、新田開発についてである。

今を遡《さかのぼ》ること四十六年前の享保《きょうほう》七年（一七二二）、幕府が正式に新田開発を奨励するお触書《ふれがき》を出して以来、幕府の天領でも諸藩の領地内でも、新田の開墾が盛んに行われてきた。

新しく田が増えて、米の収穫量が増せば、年貢を取れる領主はもちろんのこと、村々も潤い、それまでは長男にしか継がせることができなかった家の田畑を、次男や三男にも少しは分けてやることもできる。

そんな一見、いいことずくめの新田開発であったが、実は表裏一体、とんでもない落とし穴が待ち構えていたのである。

「新しく田を拓《ひら》こう」と開墾される土地は、つまりは今まで誰も手をつけようとしなかった、田畑には不向きな場所である。

掘れば掘るほど地中から石塊《いしくれ》が湧いて出る岩場めいた痩《や》せた土地であったり、山肌の木々を伐採して、根を掘り出し、下草も刈って、大掛かりに開墾しなければならない山の土地であったりと、これが「新田」の実情であった。

だがそれでも田畑が持てない者は、新田に夢を繋《つな》ぐため、川の水を確保できる山間地などをどんどん切り拓いていく。

そうしてようやく山肌に小さな新田を拓いて、家を建て、村を作ったりする人間たちに、だが自然は、いきなりしっぺ返しを喰らわせるのである。

その、最も恐ろしいものが『山津波《やまつなみ》』であった。

地滑《じすべ》りや土石流《どせきりゅう》のことである。

普通に山に木々が生え、林や森を形成していれば、ある程度の大雨ぐらいは木々が吸収してくれる。

ところが木々を切り倒し、わずかに生きている根株までも掘り出して、下草も抜き、山肌を丸見えにしてしまうから、降った雨水が地面のなかにどんどん溜まってゆくなり、地震や大雨に見舞われると、山津波が起きてしまうのだ。

『この山津波で、一体どれほどの人の命が奪われていることか……！』

と、建白の主《ぬし》は書状のなかで、ひどく怒っていた。

『無理な新田開発を、ただちに止めねばならない。

享保七年のお触書から四十六年、この間に、山がどれほど開墾されて荒れ果てて、その結果どれほどの尊い命が失われたことか、幕府は是非にも知るべきであろう！』

と、建白の最後のあたりは激烈な物言いになっており、幕政批判と取られても文句は言えないような形になっていたのである。

この長く激烈な農政に関する建白書を読み終えられて、上様は、ただちに側用人の田沼主殿頭をお呼びになり、その田沼から老中首座である松平右近将監に、建白書は直接に受け渡された。

『市谷左内坂町《いちがやさないざかちょう》　寺子屋指南《しなん》　真壁孝顕《まかべこうけん》』

建白書の最後には実にもって堂々と、自分の名も、住まう場所《ところ》も記されていたのである。

上様より老中方へと下ろされてきたこの建白書は、御用部屋にいる老中や若年寄たち面々を大騒ぎさせるに十分なものであった。

二

今、老中方には四人の老中がいる。

首座の老中で五十五歳の松平右近将監武元に、四十四歳の次席老中・松平右京大夫輝高《てるたか》、三番目が四十九歳の松平周防守康福《すおうのかみやすよし》で、末席の老中は阿部伊予守正右《あべいよのかみまさすけ》、四十三歳である。

対して若年寄方も、今は四人。

首座の松平摂津守忠恒《ただつね》が四十九歳、次席が水野壱岐守忠見《みずのいきのかみただちか》で三十九歳、三番目が五十五歳の酒井石見守忠休《さかいいわみのかみただよし》で、末席が小出信濃守の代わりに入った加納遠江守久堅《かのうとおとうみのかみひさかた》、五十八歳であった。

建白書の内容については、皆それぞれすでに回覧して、把握している。その上で、今は老中方の執務室である上御用部屋と、若年寄方の執務室である次御用部屋との間の襖をすべて開け払って、合議を始めたところであった。

「これはもう明らかに、幕政を批判するものでござろう！」

鼻息荒く断言したのは、次席老中・松平右京大夫である。

「かような者をそのままにのさばらせておいては、これは必ず世風の乱れとなりましょうぞ。右近さま、やはりここは一刻も早く、この『真壁何某《なにがし》』とやらを捕らえまして、即刻、厳罰に処すがよろしかろうと存じまする」

「うむ……」

右京大夫から「右近さま」と、なかば話を振られたような形になったが、松平右近将監は、まだ自分の意見は言おうとしない。老中首座である自分が何か言えば、一同が気を使って、自分に賛同しかねないのが判っているからであった。

「周防どのは、いかがにござる？」

「はっ」

右近将監に名指しにされて、三番手の周防守は、ついと半身を前に乗り出すようにした。

「右京さまのおっしゃる通りでございましょう」

いつもはどちらかというと「事なかれ主義」で、あまりはっきりとは意見を言わない周防守だが、今日はどうやらしっかりと心を決めているようだった。

「こうした思想《かんがえ》が江戸市中に広まりましたならば、浪人者や無宿者など、まことどのように暴れ始めるものやら判ったものではございません。この真壁を奉《たてまつ》り、徒党を組む輩《やから》が出てこぬうちに、根を絶ちましたほうがよろしいかと」

「なるほどの……」

右近将監は大きくうなずくと、次には末席の老中に向き直った。

「して、伊予どのはいかがか？」

「はい……」

阿部伊予守はわずかに目を伏せると、すっと顔を上げ、おもむろに話し始めた。

「この『真壁』と申す者、私には、さほどに悪い者とは思えませず……」

「何を申されるか、伊予どの！」

とたんに喰いついてきたのは、次席の右京大夫である。

「書状には『新田開墾の奨励をいたしたは幕府の誤《あやま》りだ』と、はっきり非難をしておるではないか！　これを幕政批判と見ずに、何と見られる？」

いつものことだが、こうして機嫌が悪い時の右京大夫の物言いは、ほぼ威嚇《いかく》のようなものである。

だがここで常ならば、次席を立てて自論を引っ込める末席の阿部伊予守が、今日ばかりは穏やかな口調ながらも言い返した。

「米の作付けの話はもちろん、新田開墾の一節にいたしましても、過ぎた昔を非難するというよりは、これからのより良き将来《さき》を建白せんとするものにございましょう。なれば、やはり『幕政批判』と一蹴《いっしゅう》せずに、良きところは取り上げまして……」

「いや、伊予どの。それは甘い！」

伊予守が言い終える前に否定して、右京大夫は声高《こわだか》に付け足した。

「『享保七年の触書』と、こやつめは、はっきり申しておるではないか。しからば、これは先々代・吉宗公の……」

「右京どの、そこまでだ」

右京大夫を止めて、二人の間に入ったのは、首座の右近将監である。

だが今、首座が右京大夫の言葉を遮《さえぎ》ったのは、二人の口論が激化するのを案じてのことではなかった。

新田開発を奨励する触書を出したのは、右京大夫も言いかけた通り、先々代の将軍・吉宗公である。あのまま口論を止めずにいれば、吉宗公の批判のようにもなりかねず、それはもとより徳川家より信頼されて老中となっている自分たちが口にして許されるものではないのだ。

右近将監は、話の向きを変えるため、つと若年寄方の面々が控えているほうに向き直った。

「摂津《せっつ》」

「はっ」

老中首座に呼ばれて、松平摂津守が頭を下げた。

その若年寄方の首座に向かい、右近将監は意見を求めた。

「どうだな？　忌憚《きたん》なきところを聞きたい。そなたらはどう考える？」

「ははっ」

摂津守は改めて平伏すると、その格好のまま、だがきっぱりと意見は言った。

「僭越《せんえつ》ながら、我ら四人は意見のほどを相まとめてまいりました。右京さま、周防さまの仰《おお》せの通り、このままに放っておいては、人心を乱す元凶《もと》と相成《あいな》りましょう。やはり捕らえて、しかるべきかと存じまする」

「うむ。さようさな」

右近将監は大きくうなずくと、初めて自分の考えを口にした。

「厳罰に処すか否かは別として、この建白が市井《しせい》に流布《るふ》することのないよう、真壁孝顕なる者については、やはりすぐにも捕らえ置くがよかろうと思う」

「まこと、さようにございましょう」

右京大夫が、勇んで横手から返事をしてきた。

「なれば、さっそく『町方《まちかた》』に手配をかけまして、真壁を捕らえるようにと……」

書状には『寺子屋指南』と書かれていたから、寺子屋の師匠をしている浪人者なのであろう。浪人は士分だが、幕臣や藩士ではないため町人の部類に含まれていて、町奉行方の管轄になっているのだ。

だが右近将監は、「いや」と首を横に振った。

「こたびばかりは町方ではなく、捕縛も調査《しらべ》も目付方に預けようと存ずる」

「目付方、にございますか？」

目を丸くしてきた右京大夫に、右近将監はうなずいて見せた。

「こたびが一件については、『目付部屋にも諮問《しもん》せよ』との、上様よりの仰せなのだ。さすれば調査も町方ではなく目付方に任せ、その上で、真壁が処分についても意見させるがよかろうと思うての」

「さようにございまするな」

もとより本当は十左衛門ら今の目付方を気に入っている右京大夫であるから、反対する道理はない。

すると、これまでしばし黙っていた松平周防守が、めずらしく鋭い問いを投げかけてきた。

「捕らえるほうはいかがいたしましょう？　あれやこれやと市井の者に言い触らされましては、事が面倒になりまする。細かい調査は後にしても、まずは捕らえて牢獄《ろう》なりと留め置いてしまってはいかがで？」

「さようさな。したが、目付方に任せるとなれば、小伝馬町《こでんまちょう》の『牢屋敷《ろうやしき》』に入れる訳にもいかぬであろう。何処に留め置くがよいものか……」

右近将監が困っているのは、真壁孝顕を捕らえた後、その処分が決まるまで拘留しておく仮牢《かりろう》のことである。

町奉行方が捕らえた者ならば、『牢屋敷』といって、調査途中でまだ処分が決まらない罪人たちを収監しておくことができる大きな仮牢の施設がある。

だが目付方には仮牢の用意はないため、真壁とやらをどうすればよいかというのだ。

「それなれば、清川にお預けになられましては？」

横手から口を挟んできたのは、首座の若年寄・松平摂津守である。

「『清川』と申すと……」

と、右近将監は考えて、すぐに思い出したようだった。

「おう。こたび『奈良奉行にどうか？』と推挙がかかっておる、あの清川か？」

「はい。いざ奈良に参りますとなれば、目付としては最後のご奉公でござりますゆえ、清川とて張り切りましょう」

「うむ。なれば、摂津。そちらは頼む」

「ははっ」

こうして真壁孝顕と申す者の一件は、他ならぬ上様の肝煎《きもい》りで、目付方への諮問として下ろされてきたのだった。

三

今回は「上様直々《じきじき》のお声がかり」の諮問であったが、こうして幕政を左右するような一大事が起きたりすると、上様や老中方から命《めい》が下り、

「目付方の忌憚のない意見が聞きたい。皆で合議の上、意見を上申するように……」

と、たとえ幕臣に関わる事案でなくても、意見を求められるのである。

何ゆえ、こと目付方に対してだけ特別に諮問が下りてくるかといえば、それは目付が「忖度《そんたく》したり、私情に流されたりせずに、常に公平公正な意見を述べるはず」と、

信頼されているからであった。

つまりはこうして上《うえ》つ方《かた》からの諮問に答えることも、そもそもの目付の仕事の一つなのである。

だがそうした諮問のなかでも、今回の一件は、かなり難儀な代物《しろもの》といえた。

急遽《きゅうきょ》、十人全員で集まった目付部屋で、老中方から下ろされた建白書を十左衛門が読んで聞かせたのだが、読み進める間にも、どんどん皆の顔つきが険《けわ》しくなってくる。

そうしていざ読み終えると、司会の十左衛門がまだ何とも言わないうちに、勝手に合議が始まった。

「けしからん！」

憤然として一言で自分の意見を言い表したのは、目付十人のなかでは最年長の小原孫九郎長胤であった。

「まこと、小原さまのおっしゃる通りでございますな」

さっそくに呼応したのは、すでに古参の域に達しつつある四十一歳の蜂谷新次郎《しんじろう》勝《かつ》重《しげ》で、小原同様、やはり腹立たしげに先を続けた。

「ことに『八代《はちだい》さま（吉宗）』がご奨励なされた新田開墾に難癖《なんくせ》をつけるなどと、まことにもって許せぬかぎりで」

「さよう。すぐにも引っ捕らえて、『打ち首（首斬りの刑）』『獄門《ごくもん》（さらし首）』にいたすがよろしかろうて」

「いえ。それはおかしゅうござりまする」

横手から、いきなり小原にそう言ってきたのは、今年三十五歳になった稲葉徹太郎兼道《かねみち》である。

「おかしい？　何がおかしいと申されるのだ？」

ムッとして血相を変えた小原を前にしても、だが稲葉は譲らなかった。

「そも書状の書き出しにも、『幕府に弓ひく者ではない』とあるではございませんか。この者はただ、諸方の村々の将来《さき》を憂い、何とか立ち行く道はあるまいかと、懸命に思索しておりますだけのこと……。そのどこに、何の罪科があるというのでござりましょうか？」

「私も、さように聞いておりました」

稲葉に賛同したのは赤堀小太郎乗顕で、これは今年で三十になる。

その赤堀も凛《りん》として、先輩目付である小原や蜂谷に顔を上げて、こう言った。

「先々に山津波や飢饉が起これば、苦しむのは村々だけではなく、領主とて同じにござります。さすれば……」

「いや！　話はそうしたことではない！」

怒りで顔を赤くして、小原が吠えた。

「この者は、先の八代さまが出されたお触書を、名指しで腐《くさ》しておるのだぞ！　これを赦《ゆる》せば、後に繋がる者が出る。断じて赦してはならぬ！」

「さよう。こうしたものは断固として断たねば、のちの禍根と相成りまする」

そう言って、小原や蜂谷のほうと意見をともにしたのは、三十歳の荻生朔之助光供《さくのすけみつとも》であった。

この荻生は目付になる前、上様の側近として『小納戸』の職を務めていた男で、今でも上様のお側近くにいたことを誇りとしているところがある。そんな荻生であるから、将軍家のなされたことに異を唱える建白など、到底、赦せるはずなどなかったのである。

「ですが何の調査《しらべ》もせずに、この書状の内容だけで、いきなり引っ捕らえて厳罰に処すというのは、いかがなものかと……」

これまで黙っていた桐野仁之丞忠周がそう言って、「ご筆頭」と、やおら十左衛門のほうに向き直ってきた。

「ご老中方の皆さまは『真壁を捕らえるか否か』については、いかがお考えのようでございましたのでしょうか？」

「…………」

十左衛門は一瞬、答えに迷ったが、すぐに桐野に目を向けて、正直にこう言った。

「御用部屋の皆さまなれば、『この建白が市井に流布せぬよう、すぐにも真壁を捕らえて隔離せよ』とのご意向であった」

「おう」

「やはり……」

と、声を上げて顔を見合わせたのは、小原と蜂谷である。

だがその二人を軽く目で制して、十左衛門は先を続けた。

「けだし、それはあくまでも御用部屋の裁決であり、上様のご意思がどのようにあらせられるものかは判らぬというのが、右近将監さまよりのお話であった。こたび『この建白については、目付部屋にも諮問せよ』と御声がけくだされたのは、他でもない上様であらせられる。そのことを常に何より先に念頭に置き、目付として、ただ己が信ずるところを述べてくれれば、それでよいのだ」

「はい」

返事をしてきたのは桐野であったが、見れば他の者もそれぞれに、「上様お直々の御声がかり」という事実を嚙みしめているようである。

そのなかの一人、稲葉徹太郎が、「ご筆頭」と声を上げてきた。

「なれば、真壁という者を捕らえるか否かにつきましても、我ら目付にお任せをいただけると……？」

「さよう」

と、十左衛門は、わずかに笑みを見せた。

「まあ、早い話が、突《つ》っ撥《ぱ》ねてまいったのさ」

「突っ撥ねて？」

「うむ」

稲葉にうなずいて見せると、十左衛門は改めて皆を見渡して、こう言った。

「諮問にお答えするとあらば、それはすなわちこの一件については、すべて目付方にお任せをいただかねばならぬ。ゆえに『真壁を捕らえるか否か』についても、こちら《こちら》に一任していただきたいと、右近将監さまにはそう申し上げてきたのだ」

とはいえ老中方が心配する通り、真壁孝顕に妙な動きをされると困るので、十左衛門は、徒目付《かち》組頭で義弟でもある橘斗三郎に命じて幾人か手配させ、真壁には見張りを立ててある。

「さようにございましたか……」

感心したようにそう言って、稲葉はホッとした顔を見せたが、その直後、今度は十左衛門に向けてガバッと平伏してきた。

「お願いの儀がござります。こたびが一件、どうか私に担当させてくださりませ」

「…………？」

目を丸くして、十左衛門は一瞬、絶句した。

この稲葉徹太郎が、こうして「わがまま」とも「ごり押し」ともいうべき自己主張をしてくるなど、本当に初めてのことである。そうして考えてみれば、今日の合議での稲葉は、最初からいつもとは随分違うようだった。

おそらくは何かよほどに思うところがあって、いつものように先輩目付たちが好き勝手に話しているのを黙って聞いてはいられなかったのだろう。

その何かに予想がつく訳ではなかったが、日頃は「絶対」というほどに、わがままも、ごり押しもしない稲葉の願いを聞き届けてやりたいと思った。

「なれば、稲葉どの。こたびは貴殿にお願いをいたそう」

「お有難う存じまする」

稲葉は再び平伏してきた。

担当になれて嬉しいというのが、声からも、畳に額をつけて丸くなった背中からも見て取れる。そのあまりにも常にはない稲葉の姿に、他の目付たちも呆然として、稲葉がこの大事な一件を担当することに、異を唱えずにいるようだった。

その皆に向かい、だが十左衛門はもう一つ言っておかねばならないことがあった。

「したが、ご一同。こたびの一件については、稲葉どのの他にも清川どのに、ともにご担当いただこうと存ずる」

「清川どの、にございますか？」

はっきりと、言いにくいことを平気で言ってのけたのは、もう古参の一人といえる四十歳の西根五十五郎恒貞である。

「いや、まこと『ああだ、こうだ』と先ほどから、皆さま揃って血相変えて話されておりましたゆえ、話の向きがどう転がるものかと静観いたしておりましたが、この一大事に『清川どの』というのはございますまい」

「…………」

清川はさすがに少し悔しげに口を引き結んだが、さりとて、いつもなら西根に喰ってかかるところであるのに、今日ばかりは反論もせずに押し黙っている。

その様子に、いささか肩透かしを喰ったのか、西根が眉を上げているのを見て取って、十左衛門は話を戻して言い出した。

「こたび清川どのにもご担当いただく理由は、他でもない。おそらくはこの案件を最後に、清川どのは目付部屋を離れられ、御奉行《おぶぎょう》として奈良の地に赴任されるのでござる。しかして、こたびばかりは、是非にも清川どのにと思うてな」

「おう！」

と、何の屈託もなく明るい声を出したのは、蜂谷新次郎である。

「では清川どの、奈良奉行にご出世でござるな」

「おめでとうござりまする！」

「まこと、よろしゅうございました」

桐野と赤堀もそう言って、清川に笑顔に向けている。

「ありがとう存じまする。しかして、まだ正式に内示の書状をいただいた訳でもござりませぬし……」

「いや。ご筆頭があありしておっしゃるのだから、間違いはござらぬて……」

蜂谷がそう言って励ましていると、横手から稲葉も声をかけてきた。

「なれば、清川さま。こたびはよろしゅうお願いをいたしまする」

「こちらこそ、よろしゅうお頼みいたす」

清川と稲葉が頭を下げ合っているその向こう、見れば小原と佐竹の年長組も、互いに顔を見合わせて、機嫌よく話しているようだった。

「いや、めでたい」

「まことに……。されど小原さま、こたび目付からの昇進は、実に三年ほども間が空きましたな」

「おう。さようでござるな」

「……ふん」

いかにも気に入らなそうに、小さく鼻を鳴らしたのは、西根五十五郎である。

「清川どの」

「はい」

一応は先輩目付である西根に呼ばれて、清川が向き直ると、西根は皮肉のありったけを込めて、捨て台詞《ぜりふ》よろしくこう言った。

「ご出世前の大事な身、万が一にも失態などされぬよう、せいぜいお気張りなさるがよろしかろうて……」

「はい。ご訓示、ありがとう存じまする」

「…………」

清川が余裕を見せて、素直に礼など言ってきたのが、よけいに腹が立つのであろう。ふんとばかりに横を向き、西根はそのまま黙り込んでしまった。

残る一人、「荻生どのはいかがか？」と、十左衛門は様子を眺めてみたが、荻生は何を考えているものか、一人難しい顔をして、ぽつねんと座している。

こうしてまずは一度目のこの一件の合議は、何とも、あれこれまとまらぬままに、終わりとなったのであった。

四

『市谷左内坂町　寺子屋指南　真壁孝顕』という人物は、たしかにそのままに存在していた。

「ちらりと見たかぎりでは、もう六十は越えているのではございませんかと……」

稲葉や清川を相手に話しているのは、すでに十左衛門の命《めい》を受けて真壁の見張りについていた橘斗三郎である。

「住まいは左内坂町の裏長屋にござりまする。狭いながらも二階家の長屋を借りておりますのですが、どうやら一階《した》を寺子屋にいたしておるようで……」

　斗三郎の案内で、今、稲葉と清川は、市谷御門外の広小路から左内坂を登り始めたところである。この市谷の左内坂はなかなかの急勾配で、歩きながら話をするには、いささか息が切れた。

「したが橘、相手が『裏長屋』というのでは、見張るにも難しかろう。いかがいたしておるのだ？」

　訊いてきた稲葉に答えて、斗三郎は説明をし始めた。

「真壁の住む長屋の棟は奥まったところにございまして、外へ通じておりますのは長屋の木戸一つゆえ、出入りだけを見張るのであれば容易《たやす》いものでございました。ただ長屋内《なか》の様子を探るとなると、やはりどうにもなりませぬ。それゆえ一計を案じまして、ちと奥の手を借り受けることにいたしました……」

「奥の手？」

「はい」

　と、斗三郎は悪戯《いたずら》っぽい顔つきになった。

　斗三郎が「奥の手」と呼んだのは、十左衛門の屋敷に奉公している若党の一人で、飯田路之介《いいだみちのすけ》という十三歳の少年のことである。

この路之介は年少ながら極めて気の利く若党で、十左衛門にとっては「秘蔵っ子」といえるような存在であった。

義兄の十左衛門からこの路之介を借り出してきた斗三郎は、父一人、子一人の浪人者の親子という触れ込みで、真壁の住む裏長屋の一棟に部屋を借りて、今日これから引っ越しする予定なのだ。

「しかし、よう都合よく、長屋が空《あ》いておったものだな」

清川が笑いながらそう言うと、「それが……」と斗三郎は、つと声を落として身を寄せてきた。

「もとより『だめで、もともと……』と、大家を探して、空き家を訊いてみたのでございますが、どうも何やらございましたようで、ここ幾日かの間に何軒か引っ越して出ていったそうにございました」

「さようか……」

と、瞬時に顔を険しくしたのは稲葉である。

「真壁がらみで何ぞかあったのやもしれぬ。やはりどうにか我ら二人も長屋に入り、その真壁とやらを間近にできればよいのだが……」

真壁孝顕なる者が一体どういう人物か、顔つきなり、物の言いようなりを、間近に寄って観察できればよいのだが、今の稲葉や清川のように裃《かみしも》に大小の刀を差した格好では、いかにも「高位の武家でござる」という風で、真壁どころか近所の長屋の者たちにまで警戒されてしまう。

するとよこ横から清川が、「おう！」と何やら思いついたか、言ってきた。

「引っ越しなれば、多少、他人《ひと》が出入りしたとて、不審には思われまい。私や稲葉どのが顔を出しても、存外、平気なのではないか？」

その清川の言葉に、斗三郎は待ってましたとばかりに、うなずいてきた。

「私も、実はさように思いまして、お着替えを支度いたしておきました」

斗三郎が、目付二人と自分自身に用意した着替えの着物は、いかにも浪々の身の者が着るような、洗いざらしてくたびれた木綿ものの着流しだそうである。

「一部屋、借りてございますので、こちらにて、お着替えのほどを……」

途中、通りかかった料理茶屋に、斗三郎の案内のままに入っていくと、なるほど借りたという一室には、三人分の着替えのほかに飯田路之介も待っていた。

「清川さま、稲葉さま。このたびは、どうぞよろしゅうお願いをいたします」

「おう、路之介どの」

「これはまた……」

見れば、すでに路之介はいかにも男所帯の浪人の子という風に、着古して丈も短い安手の着物を身にまとっている。

その路之介を待たせて、大人三人、急いで着替えを済ませると、いよいよ真壁のいる裏長屋へ、引っ越しの体《てい》で乗り込んだ。

斗三郎の手配りはいつもながら見事なもので、布団や枕、鍋釜に、長持《ながもち》（衣装箱）や衝立《ついたて》といった所帯道具を、いかにもという風に大八車に積んで用意してある。

斗三郎が引く大八車を、稲葉と清川と路之介の三人が後ろから押して、急勾配の左内坂をようやくに上がっていくと、いよいよ真壁がいるという左内坂町の長屋の木戸が見えてきた。

と、その木戸に近づかないうちに、つと斗三郎が振り向いてきた。

「私、名はそのままに使うことにいたしました。ゆえに路之介どの、貴殿はこれより『橘路之介』と相成りますゆえ」

「心得ました！」

目付方の役に立てるのが嬉しいものか、路之介は張り切っているらしい。

「稲葉どの、我らはどうする？」

訊ねてきたのは清川である。

「私らも、名はそのままでようございましょうが、これよりは浪人仲間らしく、互いに『徹太郎』『理之進』『斗三郎』と、名で呼び合うことといたしましょう」

「相判った」

「ご無礼をいたします。よろしゅうお願いいたしまする」

そう言って深々と頭を下げてきたかと思ったら、斗三郎は長屋の木戸を入るなり、さっそくにその設定を使い出した。

「おう、路之介。ここだ、ここだ！」

「では父上、荷を解いてもよろしゅうございましょうか？」

乗って路之介も、斗三郎に答えている。

「よし。なれば手伝おう」

稲葉までがそう口に出して、いささかわざとらしいほどに、にぎやかに引っ越し荷物の搬入が始まった。

斗三郎も稲葉も清川も、誰もわざわざ口にこそ出さないが、こうして皆でにぎやかに引っ越し作業などしていれば、長屋の者たちが興味本位で集まってきて、上手《うま》くすれば真壁自身も顔を出してくれまいかと考えているのだ。

すると案の定、すぐにわらわらと、長屋の女房連中や子供たちが集まってきた。

「お武家さま、こちらに越されていらしたんですか？」

長屋から出てきた女の一人に声をかけられて、

「さよう」

と、斗三郎は愛想よくうなずいた。

「拙者、橘斗三郎と申す。これなるは倅《せがれ》の路之介と申して、父一人子一人で暮らしておるゆえ、何かと迷惑をかけるやもしれぬが、よろしゅう頼む」

「路之介です。よろしゅうお願いをいたします」

父親の横につき、行儀よく頭を下げてきた路之介を見て、集まってきた女房たちが感心したように口々に声を上げた。

「あらまあ」

「あたしは隣の『おたき』と申します。どうぞよろしく」

そう言って名乗った女が、こちらに頭を下げながら、

「ほら、辰吉《たつきち》。あんたもご挨拶なさいな」

と、自分の子供らしき十一、二歳の少年の襟首《えりくび》を、ぐいっと引っ張った。

「辰吉どの、路之介です。どうぞよろしゅう」

路之介はすかさず息子のほうにも愛想よく挨拶をしていたが、次にはなんと、その

辰吉に、早くもこんな探りを入れ始めたのである。

「して辰吉どのは、どこの寺子屋に通われておいでてございますか？」

「え……？」

急に訊かれて目を丸くしている辰吉に、路之介は重ねて言った。

「私も寺子屋に通わねばならぬのですが、どこぞ良いところはございませんか？」

「えーと……」

と、辰吉は子供らしく、すぐには答えられずにいるようである。

一方、そんな路之介の探りの入れように、目を丸くしているのは、目付方の大人たち三人であった。

おそらく路之介は目付方の一員として、何か真壁に繋がりそうな道筋をつけねばと、子供ながらに懸命に考えているのだろう。

そんな路之介が健気《けなげ》で頼もしく、斗三郎は、つい路之介の頭にぽんぽんと手を置いていた。

「さようさな。誰ぞ良きお師匠さまを探さねば」

「はい」

思いがけず頭を撫でられて、路之介はちょっと嬉しそうに照れている。

するとそんな微笑《ほほえ》ましい父と子の様子に、女たちはもうすっかり味方になってくれたようだった。

「『路之介さん』っておっしゃったかしら。あのね、そこの二階建ての大きい長屋の三番目に、真壁先生って方がいらしてね……」

「真壁先生、でござるか？」

さっそく引っかかってきてくれた女の話を逃すまいと、斗三郎は身を乗り出したが、するとたんに四十は過ぎているだろうと思われる別の女が横から口を出してきた。

「やだ、おたきさん。だから、あの先生はだめだってば！」

「え？　だめなのでございますか？」

素直に訊いてきた路之介に、四十がらみのその女は、こくこくとうなずいて見せた。

「たぶん頭はいいんだろうと思うけど、とにかく偏屈《へんくつ》でね。何が気に入らないんだか、始終、勝手に怒ってるんだもの。あんな人に教わったって、徳なんざ積めないと思うわよ」

「そうでもないのよ、おりつさん。あの先生、あれでなかなか情もあって……」

「だめ、だめ。一昨年《おととし》まではご新造《しんぞ》さんがいたから抑制《おさえ》も効いて、大丈夫だったけど、あの温和なご新造さんが亡くなってからは荒れ放題でしょう？　うちの子たちが教わってた頃とは別人だもの」

女の話によれば、真壁夫婦には子供がなく、偏屈で怒りっぽい真壁を上手《うま》く抑えて、妻女が近隣の者らとも仲良く付き合えるようにしていたそうなのだが、その大らかで温和な妻女が一昨年に病で亡くなってからは、真壁はいよいよ短気で頑固になり、付き合いづらくなったという。

「では先生はお一人になられて、お寂しいのでございましょうね……」

ぽつりとそう言ったのは、路之介である。

路之介自身、まだ十一歳だった頃に、金に目が眩《くら》んだ父親の悪行のせいで、一家離散になっている。父は捕らえられて切腹となり、その父に金がらみで離縁された母も、すでに他家へと嫁《とつ》いでいるため自分とは縁も切れていて、誰より路之介が慕っていた三つ年上の姉も、ちょうどその頃、病で亡くなっているのだ。

路之介の父・飯田岳一郎《たけいちろう》の起こしたその一件を捜査したのは、十左衛門と斗三郎である。ただただ路之介が哀れでならなかったあの一件を思い出して、斗三郎は我知らず、横に立っている路之介の肩をしっかと抱いていた。

「さようさな」

「………」

いきなり肩を抱かれて驚いたのだろう。路之介は下から斗三郎を見上げて、じっと見つめていたが、目が合った斗三郎に「判っている」という風に一つ小さくうなずかれると、どうやら何か勘違いをしたようだった。

路之介は、目をおりつやおたきのほうに戻すと、凛《りん》としてこう言った。

「私《わたくし》、やはり真壁先生のもとで学ばせていただきとうございます」

「え？」

目を丸くしたのはおりつだけではなく、横にいる斗三郎も、後ろに立っている稲葉や清川も、前にいるおたきも同様であった。

「でも坊ちゃん、ほんとに、あの先生は……」

まだ反対したそうなおりつに、路之介はにっこりとうなずいて見せた。

「ありがとうございます。ですが私、その真壁先生に、是非にも教えを請うてみたいと存じます」

「…………」

もう誰も大人たちは何も言えなくなって、真壁孝顕のもとに路之介が潜入調査をすることが早くも決定したのだった。

五

引っ越しの翌日、路之介の姿は本当に、真壁の長屋の一階にあった。

「え？　では先生、川というのは、すべて必ず海に流れていくものなのでございますか？」

目を輝かせて真壁孝顕に質問しているのは、『橘路之介』を名乗って寺子の一人となっている飯田路之介である。目付方として潜入しているのをつい忘れて、路之介は心底から夢中になって、真壁の講義に聞き入っていた。

「さよう……」

そんな子供の本心はさすがにすぐに見抜けるようで、気難しい真壁も、この新しい『橘路之介』なる教え子をいっぺんに気に入ったようだった。

「山から流れ出る小さな川は、隣の川、また次の隣の川と、次々に合流しては太くなり、やがて平地を流れる大きな川となって、どこかの海にたどり着く。つまりは我ら人間《ひと》が住み、田畑を拓いて生きる糧を得ている平地は、山にも繋がり、海にも繋がっているということだ」

「………」

「…………」

路之介ばかりではなく、今ここにいる子供たち全員が真壁の話に飲み込まれていて、それぞれの頭のなかに、山や川や田畑や海を思い浮かべているに違いなかった。

だがそんな真壁の講義を受けているのは、路之介を含めて、たった四人である。

一人はあのおたきの息子、十二歳の辰吉で、ほかの二人は十一歳の弥一《やいち》という少年と、十歳のおきぬという少女であった。

やはりおりつが言っていた通り、真壁孝顕のもとに我が子を通わせようと思う親は少ないらしい。昨日あれから路之介は、おたきの息子の辰吉と遊んで、すっかり仲良くなったのだが、辰吉から聞いた話によれば、以前はこの寺子屋は子供たちでいっぱいだったそうである。

だがそんなことは、今や路之介にはどうでもよくなりつつあって、とにかく夢中で真壁孝顕先生の話を聞いていた。

「そうして繋がっているからには、山でも海でも平地でも、どこぞが荒れて状態《ようす》が悪うなってしまえば、ほかも一緒にどんどんと共倒れに荒れてしまうのだ。年寄りの儂とは違い、そなたらはこれからも長う生き抜いて、『世』を創っていかねばならぬ。

己《おのれ》自身のため、親兄弟や知己のため、ひいてはこの世の生きとし生けるものすべてのためにも、己が人間《ひと》であることに驕《おご》って、山や海を荒らしてはならぬぞ」

「はい！」

路之介をはじめ辰吉やほかの二人も、まるで真壁先生から何か大事な仕事を任されたような心持ちになって、目を輝かせている。

こんなに良い先生が、どうして幕府に目を付けられて調べられているのだろうと、路之介は不思議に思った。

実は路之介は、十左衛門からも斗三郎たちからも、真壁孝顕が幕府に対し何をしたかについては聞かされていないのである。ただ単に十左衛門から、

「町場の長屋にいる真壁孝顕なる者を調べねばならぬのだが、ちと斗三郎を手伝って、そなたも調査《しらべ》に加わってはくれぬか」

と頼まれて、お役に立てると大喜びで来ただけであった。

(長屋に帰ったら、橘さまにお訊ねをしてみよう)

お訊ねするのは、どうして真壁先生が幕府に目を付けられているのか、その理由である。

だが賢明な路之介は、すぐにだめだと、自分を戒《いまし》めた。

（目付方のお調べは、幕府にとっては内密なこと……。妹尾家の若党である私などが、知りたがってはいけない。それよりは目付方のお手伝いとして、真壁先生が一体どういうお方であるのか、心して見ていなければ……！）

目の前でまだ講義を続けている真壁孝顕を、路之介は改めてしっかりと見つめるのだった。

六

そんなあれやこれやを、真壁のもとから帰ってきた路之介から聞かされた斗三郎は、さっそくその報告をするため、稲葉や清川が待つ城内の本丸御殿に戻ってきていた。

今、三人が話しているのは目付方の下部屋《したべや》である。それぞれが、自分がこれまで担当していた別の案件も同時に抱えて動いているため、三人が都合を合わせて会えた今は、すでにもう日も暮れた六ツ半（午後七時頃）すぎであった。

「それほどに、真壁の寺子（教え子）は少ないのか？」

訊いてきた清川に、斗三郎はうなずいて見せた。

「真壁の妻女がいた頃は、あの長屋が一階も二階も子供らの文机《ふづくえ》でいっぱいになっていたそうで、幼い者の手習いなどは妻女のほうがしていたそうにございます」

「ほう。して、その妻女が亡《の》うなってからは、閑散としておる訳か」

「いえ、それが……」

と、清川の言葉を否定して、斗三郎は話し始めた。

「どうも、今ほどに寺子が少なくなったのは、ごく近頃のことのようで……」

「近頃、とな？」

「はい」

真壁の妻女である『雅絵《まさえ》』が亡くなったことで、もともと気難しい真壁がいよいよ気難しくなってすぐに怒るようになり、子供たちやその母親たちが怖がって、一人また一人と寺子屋をやめていったのは本当のことだという。

それでもまだ真壁のもとには、十数人ほどの子供たちが通ってきていて、ごく幼い者たちは朝の早い時間に手習いだけをして帰り、十歳を過ぎた少し大きな子供たちは、その時々に算盤《そろばん》を習ったり、漢字を習ったり、地理や論語をそれぞれの能力に合わせて習ったりしていたそうだった。

「それが何ゆえ、三人に？」

横手から稲葉が言った通りで、路之介を除けば、本当に三人だけである。

「そこがまだ、どうにもよく判らないのですが……」

と、斗三郎は前置きをしたあとで、つと声を一段落とした。

「路之介どのの話では、三人のなかの一人が、『自分が先生によけいなことを言わなければ、皆もやめずに済んだんだ』と、しきりに後悔していたと申しますので……」

路之介は「よけいなこと」というのが気になって、『弥一』というその少年に、それはどういうことなのか訊ねてみたという。

すると弥一が「押場《おしば》村に山津波があって……」と話し始めたというのだが、その直後、おたきの息子である辰吉が「やっちゃん！　それはだめだって言われたろう」と、すぐに話を止めてしまって、結局「よけいなこと」というのが何なのか判らなかったというのだ。

「……ちと待て」

斗三郎の話を止めるように口を出してきたのは、稲葉である。

「その弥一という者、『山津波』と申したのだな？」

「はい。たしかに『山津波』と……」

「………」

どうやら何か同じことを考えているらしく、稲葉と斗三郎の二人は互いに顔を見合わせている。

そんな二人の様子に、まだ意味の判らない清川は、少し焦っているようだった。

「稲葉どの。その『山津波』に何ぞ？」

「いや、まだ何ともはっきりとは、判らぬのでございますが……」

稲葉が『山津波』という言葉に引っかかりを感じたのは、同じ『山津波』が真壁の建白の文言《もんごん》のなかにも含まれていたからである。

真壁によれば、山津波が起こる原因の大きなものに、山林の伐採があるという。

幕府が新田開発を天領や諸藩の村々に奨励したために、あちらこちらの山林が切り拓かれて田畑になり、山林のままならば自然に山の木々が吸い上げてくれるはずの雨水が大量に土のなかに残ってしまい、それが山津波を起こすというものだった。

「なれば、その弥一とやらの申した『押場村の山津波』というのも……」

そう言った清川に、

「はい……」

と稲葉は、神妙な顔でうなずいた。

「おそらくはその弥一から、押場村なるところの山津波の話を聞いて、真壁は建白してまいったのでございましょう。けだし、長屋住まいの者らにとっては『箱訴《はこそ》（目安箱に訴状を入れること)』など、恐ろしいばかりでございましょう。箱訴した真壁とは関わりを断ちたいと思うのも当たり前で……」

「なるほどな……」

真壁が目安箱に建白書を入れたことも、その建白の内容に新田開発が一因の山津波のことが書かれていることも、この長屋の者たちはすべて知っているに違いない。

だからこそ慌てて自分の子供を寺子屋から引き揚げたり、固く口止めしたりして、他所《よそ》から来た斗三郎や路之介には知られぬようにしていたのであろう。

ここの長屋に空きが多いというのも、幕府に建白書など出した真壁と関わり合いになりたくないからと、慎重な者たちが引っ越していったのかもしれなかった。

「私、その『押場村』なるものを調べて、急ぎ見聞してまいりまする」

横手から、早くも斗三郎が気を利かせて言ってきたが、稲葉はそれに首を横に振って見せた。

「親一人、子一人の長屋の父親《てておや》が、長く家を空ける訳にはまいるまい。押場村がどこにあるやら判らぬが、とにかく調べて私が見てまいるゆえ、真壁孝顕が見張りのほうを頼む」

稲葉が言うと、清川も呼応した。

「なれば稲葉どの、私も参ろう」

「はい」

こうして少し調査《しらべ》の先に、光明が見えてくるのだった。

七

弥一がポロリと口にした「押場村」は、幸いにも江戸からさほどには遠くない場所にあった。

下総国《しもうさ》の下埴生郡《しもはぶ》のなかにある、小さな一村だったのである。

稲葉と清川の二人は機動性がよいよう、ごく少数の目付方配下の者だけを供《とも》にして、翌朝まだ日の昇らぬうちに江戸を出て、その押場村へ向けていっせいに馬を走らせた。

途中、幾度か馬を休ませてやらねばならぬため、下埴生郡に入った頃には日が落ちてしまい、仕方なく途中の旅籠で一泊することとなった。

配下の者らの調べによれば、幸いにして押場村は、幕府の統治下にある村である。

稲葉たち一行は、翌朝、押場村を管理している幕府の陣屋を訪ねて、案内を請うことにした。

だがそこで聞かされたのは、想像していた以上の「山津波」の現実であった。

「昨年の長雨の頃でございましたが、押場村の裏山が山津波を起こしまして……」

梅雨の長雨が幾日も続いたある日の深夜のこと、押場村が背にしている山が大きな地滑りを起こして、もともと十二戸しかない小さな押場村をほぼすべて飲み込んでしまったというのだ。

「村が全体、飲まれたというのか……？」

さすがに顔色を青くして清川が訊ね返すと、陣屋に勤める下役人も神妙な顔でうなずいてきた。

「土の下から掘り出されて何とか助かりましたのは、弥一を含めて、ほんの六人ほどでございました。『山津波《あれ》が起こりましたのが、夜中ではなく日中《ひる》の明るいうちであったら……』と、今でもこの陣屋ではよく申しておりますので……」

下役人が二人を案内して見せてきたのは、山からは少し離れた平地の只中《ただなか》にぽつんとある、共同の墓地であった。

一体、何基ほどあるのだろうか。おそらく三十は下らないだろうと思われる数の墓石らしき自然石が、たぶん家ごとにあちらにまとまり、こちらにまとまりと、立ち並んでいる。

その墓所の土がまだ固くしまっていないという事実が、この村の悲しみがまだ記憶に新しいということを物語っているようだった。

「当時、被害に遭った押場村の者らは、ここに合わせて弔《とむら》ってございます。ここらの者は昔から、それぞれ自分の田の畦《あぜ》を広げた場所に、先祖の墓を持っていたのでございますが、家も田もその墓もすべて潰れてしまいましたので、こうして山からだいぶ離して新たにこしらえましたので……」

「………」

あまりに悲惨な光景に清川がもう何も言えなくなっていると、隣で急に稲葉が低く話し出した。

「山津波の起こった後の有様《ありさま》を、幼き頃に一度だけ見たことがあるのです。私が七つの頃でございましたが、稲葉の領内にひどい山津波があったとの報せで、父が嫡子の私も連れまして、その場へと駆けつけました次第で……」

山津波が起きてからどれほどの時間が経っていたかは判らないが、幼い稲葉が目にしたのは、家や田を潰してのしかかっている土砂を掘って、皆が必死に生き埋めになった者たちを助けようとしている光景であった。

「何をいたしておる！　おまえも疾《と》く手伝わぬかっ！」

愕然として立ちすくんでいた稲葉を怒鳴りながら、父親が自分も必死に土砂を退《ど》かしているのを見て、まだ七つの稲葉も、慌ててその大人たちの間に入って掘り続けたという。

「あれで幾人助かりましたものか、父に訊くのが恐ろしく、実はいまだに訊ねておらぬのでございます。あの山津波が、新田を拓いた先に起きたものかは判りませぬが、山のためにはやはり拓かぬほうがよかろうと、真壁の建白《あれ》も……」

そう言って稲葉は、押場村の新たな墓所をじっと見つめている。

稲葉がこたびの建白の一件で、いつになく熱くなり、自分で担当も志願していたことの理由は、清川の身のうちにも、鋭く深く熱く染み入ってくるのであった。

「……稲葉どの。やはり『真壁』も『建白』も、何としても守らねばならぬな」

「はい……。有難う存じまする」

「うむ」

この事実をとにかく早く、斗三郎にも目付部屋にも報せねばならないと、二人は押場村を後にして江戸へと馬を走らせるのだった。

「いや、稲葉どの……。なれど、やはり『新田の開墾』と申せば、八代《はちだい》さまの肝煎りゆえ、『否《いな》』と言われてしまっては……」

反論に困って眉尻を下げているのは、目付方のなかの最高齢、小原孫九郎である。

稲葉と清川の二人は、引き続き斗三郎ら親子に真壁の見張りを任せたまま、自分たちは押場村での報告をするべく目付部屋に戻ってきていた。

二人から報告を受けた目付筆頭・十左衛門からの呼び出しで、目付十人全員がついさっき目付部屋に顔を揃えたところである。

まだ熱くなっている稲葉に、「僭越ながら、不肖《ふしょう》、私が報告をいたしましてもよろしゅうございましょうか？」と頼まれて、清川は、自分は半歩控えている。

稲葉はやはりいつになく声高に、押場村の内情や、自分自身が幼い頃に体験した事実を、皆に語って聞かせたのであった。

その語りが一段落した後の返しが、先ほどの小原である。

稲葉が惨劇を語っている間というもの、皆はそれぞれ思うところのある顔で、押し黙っていただけだから、小原の声はしんと静かな目付部屋のなかで、やけによく通っていた。

「ですが、小原さま」

と、その小原に逆に反論し始めたのは、赤堀小太郎である。

「この建白をひねり潰して、もしまた山津波がどこぞに起これば、それはやはり人の仁《じん》や正義《まこと》を尊ぶべき目付としては、間違うているのではございませんでしょうか？」

「まあ、さようにございましょうな」

ちと人を小馬鹿にするような口調で、横手から言ってきたのは西根五十五郎である。

西根はまた嫌味な風に口の端で嗤《わら》いながら、先をこう、付け足した。

「もとより『八代さまがうんぬん』などいう、かような下らぬ忖度などは、他役《そと》の者らが躍起《やっき》になっていたせばよいのでござる。我ら目付のいたすことではございますまい」

「西根どの！　口が過ぎよう」

子を叱る親のように横から西根をたしなめたのは、蜂谷新次郎である。

だが蜂谷がそれに続けて言った意見は、一同には思いがけないものだった。

「ですが小原さま、西根どのの申されようはともかく、やはり目付は公正に『仁』や

『正義』を貫くべきでございましょう。この建白を『悪《わろ》きもの』として真壁ともども捨て去るというのは、仁や正義に相反しまする」

「さように……」

　蜂谷の援護射撃を受けて赤堀は嬉しそうにしていたが、見れば、小さく桐野仁之丞もうなずいているし、稲葉や清川はむろんのこと、あの西根五十五郎でさえも満足げな顔を見せている。

　そんな一同の顔つきをぐるりと見まわして、横手から十左衛門が司会らしく声をかけた。

「佐竹どの。貴殿はいかが思われる？」

「はあ……」

　十左衛門に声をかけられたのは、これまで一度も何も発言をしてこなかった佐竹甚右衛門である。

　指されて佐竹はあからさまに困った顔をして、しばらくの間、目を伏せて黙っていたが、「ふう……」と一息、深いため息をして見せてから、意を決したように皆に顔を上げてきた。

「私は『勝手掛《かってがかり》』でございますゆえ、そちらのほうから話をさせていただきまする」

勝手掛というのは、目付方のなかでも特殊な仕事を請け負っていて、主には勘定奉行をはじめとする勘定方に不正がないか、他の幕府の役方にも金の出入りに不正がないか、目付として目を光らせる役目を担っている。

もとより佐竹甚右衛門は、目付の職に就く前は勘定畑（勘定方の仕事）を歩き続けてきた男で、幕府の財政に関わることには本当に詳しかった。

「勘定所に長く勤めた者として、嘘も忖度もなく、ありのままを相述べさせていただきまする……」

そう前置きをしておいて、だが佐竹は、はっきりとこう言ってのけた。

「新田の開拓は、ことさらに『八代さま』が御世《みよ》の頃ばかりを取り上げずとも、昔より常に少しく奨励はされておりました」

だがたとえば五代将軍・綱吉公の頃と比べてみても、天領の各地で収穫された米の総石高は、四百五十万石を常に前後しているだけで、あちらこちらで「新田が拓かれた！」という声を耳にするわりには、いっこうに幕府財政が楽になる様子は見られなかったというのである。

「えっ！　たしかに新田は増えているというのに、何ゆえに？」

思わず桐野が子供のように、そのままに訊ねると、佐竹は勝手掛の自信を見せて、説明をし始めた。

「田畑には随分な量の『肥料《こえ》』というものが要《い》りましょう。その肥料の出処《でどころ》が、村々に引き続いている山なのでございます……」

田でも畑でも、肥料となるのは山林の落ち葉や下草を刈ったものであり、そうしたものに牛馬や人の糞尿を混ぜて発酵させたものが、良い肥料となるのである。

だが山林は、新田の開墾があまりにも進んでしまうと、どんどん失われてしまう。

すると肥料を作ろうにも作れなくなったりして、結局は、そうして痩《や》せてしまった耕地は、「手をかけて作付けしても、損をするばかりだから」と放置され、田や畑ではなくなってしまうのだ。

「では新田を増やしても、一概に、田畑が増えるという訳でもないと……？」

「さよう」

と、年若い桐野に対してならば、寺子屋の師匠のように素直に教えることのできる便利さで、佐竹はほぼ桐野だけを相手にするように、話し続けた。

「そも新田として開墾する土地は、痩せた地や水を引きにくい地が多いゆえ、肥料が足りねばどうしても、そうした場所から放り置かれる。むろん、すべての新田が上手《うま》くいかぬという訳ではないが、苦労のわりには石高が上がらぬのは否《いな》めぬことでござろうな」

「…………」

桐野は何だかがっかりした顔をして、もう問いたいことも失せたらしい。

それは他の皆も同様で、十左衛門がそっと一人一人の顔を確かめて見ていくと、建白に反対するだの、しないだのと揉めていた小原も赤堀も西根も蜂谷も、もうすっかり口論する気も失せてしまったようだった。

だが一方で、そんな一同の表情に気がついて、佐竹は大いに困り始めたらしい。

「いや、ご筆頭。私は、まこと別段、新田の開墾に異を唱えているという訳ではございませんで……」

見れば、佐竹は額を手で拭っているから、冷や汗をかいているのかもしれない。

「佐竹どの」

十左衛門は、そんな佐竹を庇《かば》って、場をまとめることにした。

「幕政の偽《いつわ》らざる真実《ところ》を聞き知ることは、目付としての職を全うする上には、まずもって不可欠にござる。こたびこうして佐竹どのに、この一端のみでもお教えいただけたことは、目付として、まことに幸運でござった。他人《ひと》は知らぬが、拙者はそうだ。ご教示、まことにもって有難く拝聴いたした」

「ご筆頭……」

佐竹は心底嬉しいのであろう、うっすらと目の縁を赤くしているようである。

そんな十左衛門と佐竹のやり取りを、他の皆もそれぞれに聞き入っているようであったが、しばし続いたその温かみを帯びた沈黙を、きっぱりと打ち破った者があった。

「一言、申し上げまする」

声色もきつく言い出したのは、今日はこれまでいっさい何も口を開いていなかった荻生作之助である。

「どうも皆さま忘れておいでのようでござりまするが、こたびの真壁が建白は、幕政を非難するものには違いござりませぬ。これはたとえば佐竹さまのおっしゃるよう、新田の開墾が幕府の石高を増やすことに役立っておらぬといたしましても、その事実《こと》をただの一介の浪人が、声高に世間に流布などいたせば、これは必ず幕府に弓ひく者を生みまする。もし開墾が『よろしくない』と申すなら、それは我ら幕臣が命を懸《か》けて、上様に上申いたすべきでございましょうて」

「……よう、申された！」

横手からいきなりそう言って、一人で大きく何度もうなずいているのは小原孫九郎である。

「十左衛門どの」

小原はやおら居住まいを正すと、十左衛門のほうに向き直った。

「やはり拙者は荻生どのの申されるよう、この建白の諮問については、『否』とさせていただきまする」

「小原さま……」

小さくそう言って、今度は蜂谷が意見した。

「私も、今の荻生どのがお説に感服をいたしました。よし、新田の開墾のことなれば、この目付方こそが身命を賭《と》して上申をいたすべき……。こたびの真壁につきましては、やはり極刑が相当であろうと存じまする」

「いや、蜂谷さま、小原さま！」

と、慌てて身を乗り出してきたのは、稲葉徹太郎である。

「身命を賭して上申をいたすとなれば、こたびこの案件こそが、その絶好の機会にてございましょう。我ら十人、心を合わせ、命懸けで、建白が正当であることを示し、自らの命を顧みずに世のため幕政の安泰のために建白をいたしてきた真壁孝顕を、守ってやらねばなりませぬ」

「笑止《しょうし》なり！」

声を高くしたのは荻生であった。

「何をおっしゃる、稲葉さま！　国賊を守る目付がどこにいる！」

「……くっ……！」

と、さすがに人物のできた稲葉も、あまりの腹立ちで、唇を噛んだ時だった。

「そこまで！」

いつもより数段低い十左衛門の一声が、びりびりと目付部屋に響き渡った。

「今これよりは何人《なんぴと》も、口を利くこと相成らぬ。この一件、不肖、筆頭たる拙者が預かる。さよう心得られよ」

「…………」

この筆頭の言葉に、悔しそうにギリギリと両手の拳《こぶし》を握っているのは、荻生作之助であった。

荻生は「ご筆頭」が必ず稲葉らに味方して、自分や小原や蜂谷の意見は握りつぶされると考えている。

だがそんな荻生の考えはまだ浅く、十左衛門は目付としての真髄《しんずい》を貫こうとしていたのであった。

九

目付の真髄は、むろん言い古されたことではあるが、いついかなる場においても、すべてのことを公平公正に判断して、たとえ相手が老中のごとき幕政の権力者であったとしても不要な忖度はいっさいせず、真っ直ぐに己の信ずる意見のみを主張することにある。

この伝《でん》でいえば、今回の目付部屋での合議は、これ以上おそらく何を話し合って、幾日を費やしたとしても、絶対に十人総意の意見など求められないと思われた。

そも目付の真髄というのは、目付部屋にて十人みなで守るべきものではない。目付の一人一人が己の偽らざる考えを、己の信ずる正義に照らして、何が「是」であり、何が「非」であるのか、正直に申し述べればよいのである。

つまりはもし万が一、他の九人の目付たちが何かを「良し」としてまとまっていたとしても、自分はそれを「良くない」と思ったら、絶対に仲間に忖度などして自分の意見を曲げたりせず、たった一人きりでも若年寄なり、老中なり、ひいては上様なりに直談判《じかだんぱん》して、自分の信ずるところを上申しなければならないのだ。

十左衛門は、こたび初めてのことではあるが、この目付一人一人の直談判の制度を使って、自分を含めた十人がそれぞれに意見を上申しようと考えているのである。

翌日の昼下がり、再び皆に集まってもらったその席で、十左衛門は、この自分の考えを一同に披露した。

「十人みなで御用部屋に参上させていただくことについては、すでにご老中・松平右近将監さまのご承認もいただいておる。我ら目付に面談の許可《ゆるし》を下された刻限は、昼九ツ半（午後一時頃）である。なれば、おのおの方、これより疾くまいろうぞ」

「ははっ」

稲葉や赤堀、桐野らはむろんのこと、荻生に小原、蜂谷の三人も、無事、納得したらしい。皆がそれぞれ「ご筆頭」に返事して、目付十人ぞろぞろと打ち揃い、老中や若年寄方々の待ち構える御用部屋へと向かうのだった。

「されば本日ばかりは、拙者も筆頭としてではなく、一介の目付として参上をさせていただきました。これよりはお耳汚しではござりましょうが、一人ずつご諮問に答えさせていただきたく存じまする」

今、十左衛門ら目付十人は、御用部屋のなかでは下座にあたる、襖を真後ろにした場所に横一列に居並んでいる。上座にいる老中方々や、一段下がった脇に並ぶ若年寄方々に向けて、その下座で一同、平伏していた。

今回の横並びは、古参の順になっている。

一番は十左衛門、次が小原で、佐竹、蜂谷、西根、清川、稲葉、荻生、赤堀と続き、最後が桐野である。

その順番のままに、まずは一番の十左衛門が、筆頭としての仕事を兼ねて真壁孝顕の実情を報告した。

真壁という男が、一徹で真面目ではあるが、必ずしも人望のある人物ではないということ。

また真壁の寺子屋に通っている寺子はわずかに三人ばかりで、それは今回、真壁が箱訴をしたことに、大きく起因しているであろうことも申し述べた。

幕府にとって怖いのは、真壁の建白を聞き知った者たちが、その内容に感服して、かつて新田開発を奨励した幕府に対し、暴動を起こさないかということである。

だがそのことについては、真壁が偏狭《へんきょう》な人柄で、あまり人望がないためもあり、また寺子が町人の子供ばかりで、幕政に対して意見を持つような者がいないこともあって、真壁が反乱の旗頭《はたがしら》となる心配はなく、よって捕えて罰する必要もなかろうと思われると、十左衛門は報告をしたのである。

「されど真壁孝顕につきましての今のごとき見解は、あくまでも私一人《いちにん》にての見解にございまする。また山の保全につきましての一考にてござりまするが、『山が荒れる』と申しますのは、新田の開墾ばかりが原因《もと》となります訳ではなく、木材の乱獲をいたしましても同じことにてございますゆえ、とにもかくにも山々を荒らさぬよう、諸方に触れを出しますことが肝要かと存じまする」

「うむ」

言い終えた十左衛門に、松平右近将監はうなずいた。

「なれば次、申してみよ」

「ははっ」

指された小原は、さっそくにこう断言した。

「私は、『真壁孝顕、赦すまじ』と、さように思うてござりまする」

そうして小原は、

「このことは、先の目付方の合議にて、荻生どのが申されていたことにござりまするが……」

と、律儀に前置きをした上で、よしんば建白の通り、新田の開墾が山を荒らす要因だとしても、それを幕府に提言するのは真壁のような一介の浪人ではなく、自分らのごとき幕臣がたとえ身命を賭してでも上申すべきであると言い、やはり真壁をそのまに捨て置くことは、幕府にとっては不安の種を一つ抱えることに他ならぬため、

「真壁は捕らえて、終身、流罪とするがよろしかろうと存じまする」

と、そう結んだ。

次の一人は佐竹である。

実は佐竹は今の今まで、自分が何をどこまでを言うべきかに悩んでいて、合議の席で皆を相手に言ったようなことを、上つ方の皆さまに向けて申し上げても処罰などされないものかと、内心を震わせていたのだが、いざ自分の番となると、不思議に腹が据わってきたのを感じていた。

「真壁孝顕の処分について言上させていただきます前に、新田開墾についての一考をば提言させていただきとう存じまする。まずは田畑に撒かねばならぬ肥料《こえ》のことにてござりまするが……」

そうして佐竹は桐野を相手に話したことを、逐一ここでも話した上で、

「真壁なる者の処分につきましては、筆頭である妹尾さまに賛同いたしとう存じまする」

と、終わらせた。

続いて蜂谷は小原のほうに、西根、清川は十左衛門のほうにと分かれていき、いよいよ稲葉徹太郎の番となった。

「建白が話の前に、一つ申し上げたき儀がござりまする」

稲葉が上つ方を前にして、どうあっても、これだけは話さねばならぬと心に決めていたのは、山津波の惨状についてである。

実際に清川と二人で見分してきた押場村の墓所の光景から話を始め、自分が七つの歳に鮮烈に味わった山津波の恐ろしい実態を、稲葉は懸命に語っていった。

そうして稲葉は話の先を、こう引き結んだのである。

「これより先、人間《ひと》が山を荒らさぬようにと相努《つと》め、二度と惨事が起こらぬように相成りますれば、こたび真壁がいたした建白などは、どうで取るに足りないものとなりましょう。そも妹尾さまが申される通り、真壁には人を集める力はござりませぬ。あのままに野《や》に捨て置いたといたしましても、おそらく将来《さき》に何の障《さわ》りもないものかと存じまする」

次の荻生は「私は、先の小原さまのお話の通りで……」と更に自説を力説し、続く赤堀小太郎は「ご筆頭や稲葉さまがお考えに、賛同いたしたく存じまする」と、こちらのほうは、しごく短く言を結んだ。

最後の桐野は、もはや自分は長々と話すべきではないと悟っていたから、すぐ前の赤堀を見事と思い、「赤堀さまと同意にてござりまする」と、更に短く終わらせた。

それでも意見は、十人みなが一人ずつ、何くれと述べてきたのである。

聞かされる側の老中や若年寄ら面々が、いささか食傷気味になっていたのは仕方のないことだった。

「ふん」

不機嫌に鼻を鳴らしてきたのは、次席の老中・松平右京大夫である。

「長い、長い……。それぞれに意見があるなどと申すゆえ、じっと黙って聞いてやっておれば、この体《てい》たらくだ」

右京大夫は語調厳しくそう言うと、

「おい、十左衛門」

と、やおら一番端にいる十左衛門に向き直った。

「おぬし目付の筆頭として、これを恥じてはおらぬのか？　このいっこうにまとまらぬ目付方の責任《せき》を、どういたすつもりだ？」

「責任はもとより、取らせていただく所存にござりまする」

右京大夫のしかめ面を物ともせずに言い放つと、十左衛門は先を続けてこう言った。

「しかして右京大夫さま、我らが日頃、総意をまとめて諮問にお答えいたしますことと、今日のごとく目付十人おのおのが意見を述べさせていただくことに、何ら違いはございませぬ。総意であろうがなかろうが、我ら目付はただ己の信ずるところを、嘘《うそ》偽《いつわ》りも忖度もなしに申し上げることにのみ、自負を抱いておりまするゆえ」

「おい、十左！　おまえ……！」

と、もとより短気な右京大夫が本気で顔を怒らせた時だった。

「申し上げます！」

声は小さいながらも、必死に喰らいつくように横手から言ってきたのは、何と清川であった。

「不肖、清川理之進政義、ほどなく目付を辞しまして奈良奉行の職に就かせていただく身として、一言なりと申し述べたき儀がございまする」

「…………」

怒りを途中で押し止められた右京大夫が恐ろしい形相で睨んでいるが、さりとてもう話し出してしまったからには、引っ込めようがない。

とはいえ、やはり鬼のようにこちらを睨んでいる右京大夫が怖ろしくて、清川は今もう一歩の勇気が出せずに黙ってしまっていた。

その清川に機会を与えてくれたのは、首座の老中・松平右近将監である。

「相許す。清川、何でも申し述べてみよ」

「ははっ」

清川は平伏し、その形のまま、慎重に話し始めた。

「私こたび稲葉どのとともに、この一件の受け持ちをさせていただけましたこと、まことにもって幸運でございました」

「…………？」

何のことやらと、さすがに右近将監も唖然として見下《みお》ろしている。

だがもう、そんな老中首座の顔も見えないほどに平伏している清川は、怖いもの知らずに、どんどん先を続けていった。

「こたび真壁が住む長屋の者らの暮らしぶりを垣間見《かいまみ》、また稲葉どのと二人、かの押場村へと見分に出向きまして、山津波の恐ろしさと、そうした土地に暮らす領民の健気《けなげ》さを窺《うかが》い知ることができましたことは、これより奈良の地に出向き、領民を治めねばならぬ身といたしましては、まことにもって得るもの多く、幸運にてございました……」

平伏したままの清川は、自分の言葉の進む通りに次々と、左内坂町の長屋の女房たちや、押場村の墓地など、さまざまに感慨深く思い出していた。

だが最後に脳裏に浮かんでは消え、浮かんでは消えしているのは、毎日毎日飽きるほどに見慣れた目付ら面々の顔や声、姿である。

朴訥《ぼくとつ》が度を越して、時折ハラハラとさせられるほどに人の好い蜂谷や、「自分のすべきことは、これしかない」という風に嫌味や皮肉ばかりを言ってくる西根や、こたび存外、いつになく余裕のない姿も見せてくれ、自分の昔も語ってくれた稲葉など、今にして思ってみれば、慣れ親しんで失うのが怖いほどの面々から離れて、今度は独りでずっしりと自身の背や肩に、奈良の領地や領民を背負わなければならないのだ。

そんなあれやこれやを、一瞬にして走馬灯《そうまとう》のように思い返していたら、やはり最後は、ご筆頭の顔や言葉に行き当たった。

ご筆頭は、目付になってこのかたずっと、自分が追い続けてきた目付の理想の姿であり、そんなご筆頭の信条は、自分自身が考えていたよりも我が身に染み入っているようだった。

「目付方の一人として、『正しい』とは何か、『公平』とは何か、『私情を挟まぬ』とはどういうことか、折々に悩みつつ探りおりました日々は、今にして思えば生涯の宝にてござりまする」

そこまで言って清川は、ようやくに平伏から顔を上げた。

「目付方の最後に、こうして皆おのおのの信ずるところを思う存分に口論し、己の考えとは違う意見を数多く知り得ましたことは、やはり血肉となりましょう。幕臣として、目付であった誇りを忘れず、これよりも必ずや精進を相続けてまいりまする」

すでに真っ直ぐに老中首座へと顔を上げている清川は、自分一人、実に清々《すがすが》しい顔をしている。

本来、今は建白に対しての諮問の答えの場であって、奈良奉行へと移行する清川の挨拶の場ではないのだが、いつのまにやら清川の独壇場《どくだんじょう》になってしまっているのである。

上つ方のお歴々はもとより、今、清川に「誇り」と言われた目付方の面々のなかでも、西根だの荻生だのは「何のことやら」という風に、白《しら》けた顔をしている。だが蜂谷と小原は素直に清川の言葉に感服し、佐竹や稲葉、赤堀や桐野は仲間を微笑ましく見守っていた。

そして誰より十左衛門は、清川がこうして場違いな転任の挨拶をし始めた原因が、他ならぬ筆頭の自分にあることを重々理解していた。

ついさっき右京大夫にあんなに生意気な反論をして、本気で怒りを買いそうになっていた自分を、清川はこうした形で横から助けてくれたのだ。

そう思って、十左衛門が有難く清川の横顔を眺めていると、それに気づいたらしい老中首座の右近将監が、十左衛門と目《こ》を《ち》合《ら》わせて少し笑ったようだった。

「相判った」

右近将監は、場をまとめて言い出した。

「もとより諮問は、そなたらに広く意見を求めたというだけのもの。それが総意であろうがなかろうが、このことは逐一、上様に言上いたす所存ゆえ、さよう心得よ」

「ははっ」

十左衛門を筆頭に、目付十人、きれいに打ち揃って平伏するのだった。

この目付ら十人の意見が、老中首座である松平右近将監より上様へと上申されたのは、翌日のことである。

そうして数日の後、上様の側近である側用人・田沼主殿頭意次より老中方に伝えられた「真壁孝顕の建白に対する上様のご裁断」は、以下のようなものであった。

「こたびの建白については、もとより『お取り上げ』には至らなかったものとして、捨て置くように……」

つまりはもともと目安箱から取り上げられなかったものとして、今回の一件は、すべて丸々「無かったこと」とされたのである。

こうして真壁孝顕は牢に入れられることもなく、さりとて幕府からその建白を褒められることもなく、これまでと何ら変わらず、真壁を「先生」と慕うごくわずかな寺子たちを相手に、左内坂町の長屋にて寺子屋を続けていくことになったのであった。

一方、その後、幕府の天領においては、『留山《とめやま》』とされる山林が少しく増やされたようだった。

留山というのは、材木の伐採や山林の利用を禁じて、「何人《なんぴと》もその山には踏み込まぬように……」と定められた山のことである。

以前さんざんに木材を伐り出したりと、山を利用し尽くして、そのせいで生態系が崩れて荒れ果ててしまった山を何とか元に戻すべく、幾十年も人の立ち入りを禁じて休ませるというものだった。

こうして領内の山々のうちの一定数を『留山』としておくことは、以前から幕府のみならず諸藩においても続けられていたことであり、こたび、こと幕府の天領内において、留山の数が増えたのは事実なようであった。

だがこれは、決して真壁の建白を採択してのものではないというのが、幕府としての姿勢であった。

山を大事に、未来永劫《えいごう》、残していくためには、人間《ひと》がしごく当たり前にやらねばならないことなのである。

十

それからおよそ一月《ひとつき》の後のことである。

清川は老中方よりの内示を受けて、遠国・奈良へと元気よく旅立っていった。

「なれば、もう清川さまは、ここへはいらっしゃらないのでございますね……」

寂しげな声を出したのは、妹尾家の若党、飯田路之介である。

今日はまたいつになく、十左衛門が少し早めの宵の口には帰宅して、今は義弟の橘斗三郎と二人、久方ぶりに酒を飲み交わしている最中である。

その義兄弟《きょうだい》の傍《かたわ》らには、酒食の世話をしている路之介と、路之介にばかりくっついて歩いている十左衛門の飼い猫の『八《はち》』がいて、三人と一匹、余人を入れず、ゆったりと過ごしていた。

「清川どのも、そなたに会えぬまま出立せねばならぬのを、心底、残念に思うておるようであったぞ。『真壁の一件では、路之介どのがああして内部《なか》から探ってくれねば、何も判らなかったに違いない』と、稲葉どのと二人、大変な褒めようであったゆえな」

「いえ。私はそんな……」

急いで謙遜した路之介の肩の上に、スッと横から大きな手が伸びてきた。ぽんぽんと撫でるように手を置いているのは、斗三郎である。

ほろ酔いが手伝っているせいもあるのかもしれないが、何より二人は「親子」として十日あまりを一緒に過ごした仲であり、ことに斗三郎のほうは以前とは比べものにならないほど、路之介に親近感を抱くようになっている。

そんな内心の変化は簡単に外にも表れて、こうして何かの折節《おりふし》に、ひょいと路之介の頭だの肩だのを撫でてやりたくなるのだった。

「いやしかし義兄上《あにうえ》、路之介どのは、まことにようやってくださりました」

そう言って斗三郎は、路之介の小さな肩をがっしりと引き寄せている。

「そんなことはございません。私はただ、寺子屋に通ったり、飯を炊《た》いたりしていただけでございますから……」

「……………？」

と、十左衛門は目を瞠《みは》った。

見れば、路之介は何やら少し赤くなっているようである。これはどうやら褒められたことに照れているだけではなくて、斗三郎にがっしりと父子のように扱われていることが、嬉しくて、照れくさくて、仕方がないのではなかろうかと思われた。

この愛すべき路之介が、もし本当に誰かの息子として迎え入れられて、そこで生涯幸せに暮らせるならば、どんなにか良いものをと、十左衛門はまた考えていた。

だが路之介は罪人の息子である。父親の犯した罪を、子としてともに引き受けて、『連座《れんざ》』で流罪となることが決まっているのだ。

その流罪が適応されるのは、路之介が「子供」ではなくなる十五歳の春である。八丈島への流人船は、春と秋との年二回と出航が決まっていて、十五になった春船で、路之介は海の向こうに送られることになっていた。

島流しから逃れる道はただ一つ、路之介が世俗を捨てて出家することである。

出家して僧侶になれば、この屋敷からは出ていかねばならなくなるが、そうして十左衛門《じぶん》から離れて、斗三郎からも、八からも離れて、路之介は健全な心で生きていけるのであろうか。

まるで本当の親子のように、二人で八を相手に遊び始めた斗三郎と路之介を、十左衛門は少し苦《にが》く眺めるのだった。

時代小説

二見時代小説文庫

建白書《けんぱくしょ》 本丸《ほんまる》 目付部屋《めつけべや》 5

著者 藤木《ふじき》 桂《かつら》

発行所 株式会社 二見書房
東京都千代田区神田三崎町二－一八－一一
電話 〇三－三五一五－二三一一 ［営業］
〇三－三五一五－二三一三 ［編集］
振替 〇〇一七〇－四－二六三九

印刷 株式会社 堀内印刷所
製本 株式会社 村上製本所

落丁・乱丁本はお取り替えいたします。
定価は、カバーに表示してあります。

 ISBN978－4－576－19175－1
https://www.futami.co.jp/

本丸 目付部屋
権威に媚びぬ十人
藤木 桂